感悟一生的故事

感悟 生活

曹金洪　编著

北方妇女儿童出版社
·长春·

图书在版编目（CIP）数据

感悟生活 / 曹金洪编著 . -- 长春：北方妇女儿童出版社, 2010.6（2024.3重印）

（感悟一生的故事）

ISBN 978-7-5385-4664-4

Ⅰ. ①感… Ⅱ. ①曹… Ⅲ. ①故事 – 作品集 – 世界 Ⅳ. ①I14

中国版本图书馆CIP数据核字(2010)第083496号

感悟生活

GANWU SHENGHUO

出 版 人	师晓晖	
策 划 人	陶　然	
责任编辑	于　潇　刘聪聪	
开　　本	710mm×1000mm　1/16	
印　　张	11.5	
字　　数	200千字	
版　　次	2010年6月第1版	
印　　次	2024年3月第6次印刷	
印　　刷	旭辉印务（天津）有限公司	
出　　版	北方妇女儿童出版社	
发　　行	北方妇女儿童出版社	
地　　址	长春市福祉大路5788号	
电　　话	总编办：0431-81629600	
定　　价	49.80元	

　　是浮华的风带不走燥热的怅然，是盲动的雷也震不醒驿动的灵魂。这世间的一切，太多的幻想，太多的浮华，太多的……只有呼吸着的每一天，才感受到她的价值，她的真实。此刻，生命对于我们来说，只有一次，可以把握，可以珍惜。

　　于万千红尘中，我们不停地奔波着，劳碌着，快乐着，也痛苦着，其目的就是为着生活，为着活着的质量。是血浓于水的亲情带着我们赤裸裸地来到这个尘世，当我们响亮的第一次啼哭，带给父母这一辈子最动听的音乐的同时，我们便与亲情紧密相连，永不可分了。也许前行的路荆棘丛生，也许前行的路坑坑洼洼，也许前行的路一马平川，但我们只要带着亲人们真切的惦念，带着亲人们殷殷的祈盼，就不会迷失前进的方向，就不会沉沦于泥潭沼泽里而不能自拔。

　　历经人生沧桑时，或许有种失落感，或许感到形单影只，这时，总会有一种朋友，无须形影相随，无须感天动地，无须多言，便心灵交汇，又能获得心灵的慰藉；在饱受风霜时，总会有一种朋友，无须大肆渲染，无须礼尚往来，无须唯美的表达方式，就能深深地感受到一种力量与信心，就能驱动前行的脚步。朋友无须多而在于精，友情也不必锦上添花，而在于雪中送炭。

　　童话故事里，我们经常看到王子吻醒了沉睡的公主，或是公主吻到中了魔法的青蛙，便可以幸福地结合在一起，永不分开。在这世上，也许有一份真爱可以彼此刻骨铭心到地老天荒，也许有一种真情彼此生死相依到海枯石烂。而这份真情、这份真爱却因世事的沧桑而深入到人们的骨子里，成为人们心中永恒的痛。

　　爱，有时，真的就是一种感觉，一种魂牵梦萦的感觉；有时，真的就是一种意境，一种心手相携的意境；有时，又会是一种情怀，一种两情相悦的情怀……

也许，真的如他人所说吧，亲情、友情、爱情，抑或其他值得珍惜的情谊，只是一种修为。所有的绝美，也许应该有一个绝美的演绎过程。我们所能做的，就只有把这种"永存"记录下来，让更多人从中获得感悟，获得启迪。

岁月如歌，有一些智慧启发我们的思想；有一些感悟陪伴我们的成长；有一些亲情温暖我们的心房；有一些哲理让我们终生受益；有一些经历让我们心怀感恩……还有一些故事更让我们信心百倍，前进不止。一个个经典的小故事，是灵魂的重铸，是生命的解构，是情感的宣泄，是生机的鸟瞰，是探索的畅想。

这套丛书经过精心筛选，分别从不同角度，用故事记录了人生历程中的绝美演绎。

本套丛书共20本，包括成长故事、励志故事、哲理故事、推理故事、感恩故事、心态故事、青春故事、智慧故事、人格故事、爱情故事、寓言故事、爱心故事、美德故事、真情故事、感恩老师、感悟友情、感悟母爱、感悟父爱、感悟生活、感悟生命，每册书选编了最有价值的文章。读之，如一缕春风，沁人心脾。这些可贵的精神食粮，或许能指引着我们感悟"真""善""美"的真正内涵，守住内心的一份恬静。

通过这套丛书，我们不求每个人都幸福，但求每个人都明白自己在生活。在明白生命的价值后，才能够在经历无数挫折后依然能坦然地生活！

目录
Contents

心安是福

超越亲情的爱

旅途中的陌生人

盲道上的爱

生活的意义

生活在这样一座相对来说已经比较摩登的城市里，许多人被五颜六色的城市生活所迷惑，根本不会想到在那样偏远的土地上，还有一些人在平凡而辛苦地生活。今天当我们为追求金钱而忙忙碌碌的时候，也许根本想象不出一位少女，将人生最美好的时光，留在偏僻的乡村，用她的爱去关心和教育那些沉默的学生。

飞船两小时后将坠毁

语　梅

1967年8月23日，苏联宇航员弗拉迪米·科马洛夫驾驶"联盟一号"宇宙飞船在完成太空飞行任务之后，胜利返航。不料，当宇宙飞船返回大气层后，突然发生了恶性事故，减速降落伞无法打开，飞船在两个小时以后将要坠毁。

面对巨变，地面指挥中心马上向中央报告，中央领导研究后，出乎意料地决定，向全国直播实况。最著名的播音员以沉重的语调宣布：宇宙飞船发生故障，两小时后将在着陆基地附近坠毁，我们将目睹民族英雄科马洛夫殉难。

举国上下都被震撼了，沉浸在巨大的悲痛之中。

科马洛夫心情也很沉重，但他还是控制住自己，要求先向地面汇报此次飞船探险的情况。汇报用了70分钟。在科马洛夫生命消逝的分分秒秒中，全国电视观众只能通过屏幕看到科马洛夫无声的形象（因保密而关闭了声音传递），人们的紧张情绪已经超过了当年听到希特勒进攻苏联时的程度，而科马洛夫却目光泰然，就像在办公室里正常工作一样，神态是那么从容……

全国电视观众也看到了科马洛夫的母亲。白发苍苍的老母亲心如刀绞："儿子，我的儿子，你……"她不知道和儿子说什么好。科马洛夫脸上露出笑容：

"妈妈，您的图像我在这里看得非常清楚，每一根白发都能看清，您能看清我吗？""能，看得很清，儿啊，妈妈一切都很好，你放心吧。"

科马洛夫的妻子也泪如雨下。科马洛夫给妻子送去一个调皮而又深情的飞吻。妻子说："亲爱的，我好想你！"就再也说不出话来。

科马洛夫也很激动，他拿出一支金笔对妻子说："亲爱的，这支金笔随我飞入太空，我用宇航服把它包好，一会儿的大爆炸，不会对它造成损伤，请你把它转赠给你未来的丈夫。我想我不会下地狱，我会在天堂里祝福你们的。"面对此情此景，屏幕前的人全都落泪了。科马洛夫的女儿也出现在屏幕上，她才只有12岁，看到女儿，科马洛夫的眼睛里骤然飘过一层阴云："女儿，不要哭！"

"我不哭……"孩子已是泣不成声，"爸爸，您是苏联的英雄。我想告诉您，英雄的女儿，是会像英雄那样生活的！"

"你真好！"科马洛夫仿佛也是对全国的小朋友说，"可是我要告诉你，也告诉全国的小朋友，请你们学习时，认真对待每一个小数点，每一个标点符号。联盟一号今天发生的一切，就是因为在地面检查时，忽视了一个小数点，这场悲剧，也可以叫做对一个小数点疏忽的悲剧。同学们，记住它……"

时间一秒一秒地过去了，只剩下7分钟了。科马洛夫毅然和女儿挥了挥手，面向全国的电视观众："同胞们，请允许我在这茫茫的太空中与你们告别……"飞船像流星一样掠过长空……

人的生命进入倒计时的时候，会有多少人依然保持着镇定的心情？少并不代表没有，就像文中的科马洛夫一样，在生命即将结束的时刻，用镇静的心情来使其他人安心，来让下一代更为注重自身的错误，从而改正错误，生命可以轻如鸿毛，亦可重如泰山……

生活的意义

忆 莲

  生活之中总会有一些看上去很小的事情，却能令人终生难忘，并且能够使我们理解生活背后隐藏着的诸多意义。

  记得那次出差到东北腹地，目的是为公司讨债，明知这几年经济状况不佳，要不回多少钱，更何况是偏僻的山区小镇。我们由佳木斯搭乘火车去那个小镇，火车中途上来的乘客很多，多是由郊区去小镇的当地的农民。好在我和同事买到有座号的车票，可以把头伸向窗外，避开车厢里污浊的空气。

  那时正值6月末，一望无际的平原，让我这个大连人惊叹不已，要知道大连是个多丘陵的地方。从同事那里了解到，在这片广阔的平原上生活的人们，多还生活在贫困线以下，对他们来说，现代生活离他们还很遥远，这番话令我感慨不已。火车又临小站，上来的旅客依然很多，这时我看到了一位少女。她的外表很平常，穿一件干净的浅色连衣裙，那裙子使她在那些穿着肮脏的乘客之中异常显眼，而且简直就是不合时宜。在她的身后跟着几个学生模样的男孩和女孩，乖乖地随着她往车厢里挤。终于他们在我斜对面站定了，这时我看到那少女转过身用手比划着什么，因此，很快我就断定那少女是位教师，带着她的几个聋哑学生。

  火车启动了，周围的嘈杂声渐渐被火车的轰鸣声压了下去，年轻的女教师倚靠在那里，随手打开一本书，竟然是一本《忏悔录》。这么一个纷乱嘈杂的环境里，这样一位少女看这样一本书，显得很奇怪。我心里的感觉开始异样起来。

有乘务员过来卖雪糕，我和同事各买了一支，这时女教师也掏钱递过去，显然在她手绢里包着的，除了车票也只有这几元钱了。她用很标准的普通话说，买5支。我这时才注意到她并不聋也不哑。但是她少买了一支，她们一共是6个人呀！她把手里的雪糕递给了5个学生，然后又独自埋头看书。这时那几个学生开始在她的背后，用手语热烈地"交谈"着，似乎争了一阵，一个高个子的男孩转身挤出车厢，再次回来时手里多了一支雪糕，他兴高采烈地将雪糕递给她的老师。

雪糕实在是难吃，同事只咬了一口就扔出了窗外。我抬起头，却看到女教师和她的学生们正津津有味地吮着雪糕，一种快乐和满足洋溢在他们的脸上，那种表情久久地回荡在我的心里……

这件事已经过去一段时间了，可是我总会在一些时候想起它来。生活在我们这样一座相对来说已经比较摩登的城市里，许多人被五颜六色的城市生活所迷惑，根本不会想到在那样偏远的土地上，还有一些人在平凡而辛苦地生活。今天当我们为追求金钱而忙忙碌碌的时候，也许根本想象不出一位少女，将人生最美好的时光，留在偏僻的乡村，用她的爱去关心和教育那些沉默的学生。那么在她肩上负担的，又是怎样的一种高于生活的使命！也许只有蜡烛才能解释她生活的全部意义，而恰是这支烛火，正悄悄点燃了我心中热爱生活、珍惜生命的热情。

心灵感悟

当我们生活在一种优越的条件下的时候，我们看到的只是为了更好地生活的努力，这也是一种人的欲望，但是人生的意义并不是为了满足自己的愿望，而更重要的是让其他人同样一步步地走好，把自己的爱献给世界，那才是一种高境界的追求。

零善良反应

慕茵

报章忽然充斥诚信危机的探讨，从球场到商场、考场、情场甚至讲坛、法庭、手术台……总之一切名利场，似乎都有诚信沙化的阴影。

国人总算开始明白，曾经被讥为"几钿一斤"的道德一旦沙化是可以真正"要我们的命"——首先是经济秩序的"命"了。

更要命的是，也许久处"鲍肆"，也许是近朱近墨的缘故，我们对自己的人格沙化早已是浑然不觉的"齄鼻头"，以至于突然换个环境后，才猛然发觉除了饮食不习惯之外，也已经不习惯人们对我们的善举了。

那是九月的一个美好的夜晚，从我下榻的酒店看下去，维也纳竟有那么多金碧辉煌的宫殿，它们通体明亮，但街上寥无一人。

我走出饭店，按地图所示，准备坐有轨电车去欣赏夜幕下的伟大的"圣·斯捷潘"大教堂。上车以后才发觉没有售票员，也没有投币机，我又不通奥地利语，而又是坚决不能逃票的。正尴尬时，一位穿着非常大胆的少妇指着我拿钱的手，摇手示意。

难道是鼓励我逃票吗？或者认为我零钱不够？我疑惑着。

少妇见状，干脆走上来，指着我的手要我把钱塞回上衣口袋里去，又指指车，双手抱胸，闭眼，仰头，做若无其事状。

啊，我明白了，这环城的电车大概是免票的。

到站了，她又示意我七拐八拐地跟她走，街上行人还是很少，我脚步迟疑着，心里又开始七上八下：她是干什么的？"维也纳流莺"吗？看她那么坦然又不像，否则那揽活的眼光也太不职业了。难道看不出像我这样坐电车的游客身上只有一百多先令吗？……要不，是个"托儿"？绑了我做肉票，向代表团勒取赎金？

而且"圣·斯捷潘"大教堂真那么远吗？安静的巷子里只有她脚上很重的皮鞋声。她比我高出整整一头，看上去像北欧种马一样壮实，结实的背阔肌将衬衣胀得像藕节或素鸡一样，真要动手，她的摆拳一定可以把我的左腮打得像"汤婆子"一样瘪进去……

正这么全力地将她妖魔化时，小巷一拐，立即呈现一片流光溢彩，大教堂如同一座琉璃山耸立在广场上，她回过头来，对我一笑：拜拜！随后迅速消失在夜幕里，我歉疚地看着她的背影，不禁又想起几天前的"挪威雨伞"。

8月的卑尔根什么都好，就是雨多不好，那天也是晚上，我独自在雨夜中行走，没带伞，十分狼狈，只听得背后始终有人不紧不慢地跟着我，我走快，他也走快，我走慢，他也走慢，吓得我头发根都竖起来了。

走到著名的挪威音乐家格里格铜像前，他忽然"哈啰"一声，赶紧上一步，把伞递了过来，而我居然像被剥猪猡一样下意识地大吼一声（上海话）：侬

做啥!

完全是"沙化"的下意识,本能的"零善良反应"。

那是一个高个的挪威老头,听到我的吼声,他在路灯下歪着头愣了半天,像瞅怪物似的瞅着我,嘴里的挪威语叽里呱啦的,又指指对面的房子,把伞往我手里一塞,就奔进对街的门洞里去了。

原来挪威老头只是执意要把伞送给我这个"巴子"罢了。

圣·斯捷潘教堂巨大的管风琴响了。我胸中突然涌出一种陌生的热流——我本善良,为什么如今却处处怀疑善良……

心灵感悟

社会的飞速发展,给人们带来的并不是刚好的享受,而是逐渐的相互疏远,并且逐渐地消失了对人善良的信任。这不是社会给我们的产物,而是人们思想带来的可谓耻辱的结果。

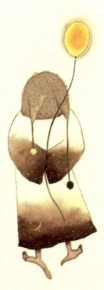

最高礼遇

宛　彤

　　朋友们坐在一起神聊，不知怎么就把话题扯到了自己所接受过的最高礼遇上。一个朋友说，某市长给他夹过菜；另一个朋友说，某副省长请她跳过舞。做记者的孟芝淡淡地说："我所接受过的最高礼遇，说出来也许有人不爱听，但既然是'命题作文'，我也只好扣着题目规规矩矩地讲述啦。"

　　"那一年初春，我奉命到一座大山上采访一群雷达兵。车开到山脚下以后，我和司机老于背着芹菜、黄瓜、西红柿之类极受战士们欢迎的礼物，开始爬那座高入云端的大山。山路难走，我们累得气喘吁吁，爬一段就停下来灌一阵子矿泉水。老于逗我说：少喝点水，山上可没有女厕所哟！终于我们狼狈不堪地登上顶峰。12个战士挥动着鲜艳的彩带，高喊着'欢迎，欢迎，热烈欢迎！'的口号列队迎接我们。这始料未及的隆重场面惹得我激动万分，我握着那些可爱的战士们的手一时竟不知说什么好。这时候，老于捅了我一下，指着营房的方向让我看——上帝！那里竟赫然张贴着一条标语：热烈欢迎孟芝同志光临指导！

　　"开始用餐了，战士们都不约而同地让自己的筷子，都避开那些难得一见的新鲜蔬菜而抢着去夹兔肉（他们养着几百只兔子）。班长告诉我们说，大雪封山

的时候，他们上顿下顿全吃兔肉，直吃得战士们看见了活兔子都想吐。

"那天采访结束后，一个小战士冷不丁地问我道：'你去1号吗？'另一个眉清目秀的战士怨责地拽了一下那小战士的衣角，恭敬地问我道：'你需要去洗手间吗？'我的脸腾地涨红了，一下子想起了老于逗我的话。我支吾着，极想说'需要'，但又不知在这地道的'雄性'世界里究竟有没有供自己'洗手'的地方。眉清目秀的战士似乎看出了我的心思，热情地给我指出了洗手间的所在地。

"我走到一个岔路口，竟看到一个崭新的指路牌，牌子上面画着一个醒目的大箭头，箭头下面用漂亮的楷书写着：女厕所，大概走过了两三个这样的牌子，我顺利地来到了自己的目的地。

"说出来你们也许不相信，那居然是一个特意为我这个女记者搭建的'洗手间'！虽然不过是供'一次性'使用的，但它的选址是那样的安全，建造又是那样的讲究——粗细均匀的圆木围成一个玲珑的圈儿，小小的门正对着一面光滑的石壁。一想到有12双手曾经为了让我更方便一些而在这里庄严地劳动，我就幸福得直想哭，终于明白了那一句'你去1号吗'的突兀问话里，包含了多少焦急的期待和莫名的忐忑——我们可爱的战士，他们拿心铺成路，还生怕你走上去硌了脚呀！长这么大，我孟芝心安理得地用过多少豪华的洗手间啊，但唯有这一间让我的双脚在踏入时感到了微微的颤抖。

"真对不起，瞧我，把你们大家都讲得难过了。不过，说句真心话，自打在那座大山接受了那最高的礼遇之后，我生命的词典里就永远剔除了一个词儿——羡慕。"

大家长时间沉默着。最后，一位最受人尊重的先生真诚地握着孟芝的手说："谢谢，谢谢你。你的故事让我们的灵魂接受了一次最高的礼遇。我敢说，从今以后，我们大家生命的词典里都将补充进一个可贵的词儿——羡慕。"

心灵感悟

　　当我们在追求奢华生活的时候，虚荣心占据了我们心灵的一大半，让我们失去了真正的自我，而当我们真正地遇到用心的事，我们也许会不禁感慨自身的卑微。

打往天堂的电话

佚 名

　　一个春日的星期六下午，居民小区旁边的报刊亭里，报亭主人文叔正悠闲地翻阅着杂志。这时一个身穿红裙子、十五六岁模样的小女孩儿走到报亭前，她四处张望着，似乎有点儿不知所措，看了看电话机，又悄悄地走开了，然而不多一会儿，又来到报亭前。

　　不知道是她反反复复地在报亭前转悠和忐忑不安的神情，还是她身上的红裙子特别鲜艳，反正文叔注意到她了，他抬头看了看女孩儿并叫住了她："喂！小姑娘，你要买杂志吗？"

　　"不，叔叔，我……我想打电话……"

　　"哦，那你打吧！"

　　"谢谢叔叔，长途电话也可以打吗？"

　　"当然可以！国际长途都可以打的。"

　　小女孩小心翼翼地拿起话筒，认真地拨着号码，善良的文叔怕打扰女孩儿。索性装着看杂志的样子，把身子转向一侧。小女孩儿慢慢地从慌乱中放松下来，电话终于打通了："妈……妈妈！我是小菊，您好吗？妈，我随叔叔来到了桐乡，上个月叔叔发工资了，他给了我50块钱，我已经把钱放在了枕头下面，等我凑足了500块，就寄回去给弟弟交学费，再给爸爸买化肥。"小女孩儿想了一下，又说："妈，我告诉你，我叔叔的工厂里每天都可以吃上肉呢，我都吃胖了，妈妈，你放心吧，我能够照顾自己的。哦，对了，妈妈，前天这里一位阿姨给了我一条红裙子，现在我就是穿着这条裙子给你打电话的。妈妈，叔叔的工厂里还有电视看，我最喜欢看学校里小朋友读书的片子……"突然，小女孩的语调变了，不停地用手揩着眼泪，"妈，你的胃还经常疼吗？你那里的花开了吗？我好想家，想弟弟，想爸爸，也想你，妈，我真的真的好想你，做梦都经常梦到你呀！妈妈……"

女孩儿再也说不下去了。文叔爱怜地抬起头看着她，女孩慌忙放下话筒，慌乱中话筒放了好几次才放回到话机上。"姑娘啊，想家了吧？别哭了，有机会就回家去看看爸爸妈妈。""嗯，叔叔，电话费多少钱呀？""没有多少，你可以跟妈妈多说一会，我少收你一点儿钱。"文叔习惯性地往柜台上的话机望去。天哪，他突然发现话机的电子显示屏上竟然没有收费显示，女孩儿的电话根本没有打通！

"哎呀，姑娘，真对不起！你得重新打，刚才呀，你的电话没有接通……"

"嗯，我知道，叔叔！其实……其实我们家乡根本没有通电话。"文叔疑惑地问道："那你刚才不是和你妈妈说话了吗？"小女孩儿终于哭出了声："其实我也没有了妈妈，我妈妈已经死了4年多了……每次我看见叔叔和他的同伴给家里打电话，我真羡慕他们，我也想和他们一样，也给妈妈打打电话，跟妈妈说说话……"听了小女孩儿这番话，文叔禁不住用手抹了抹老花镜后面的泪花："好孩子别难过，刚才你说的话，你妈妈她一定听到了，她也许正在看着你呢，有你这么懂事、这么孝顺的女儿，她一定会高兴的。你以后每星期都可以来，就在这里给你妈妈

打电话，叔叔不收你钱。"

从此，这个乡下小女孩儿和这城市的报亭主，就结下了"情缘"。每周六下午，文叔就在这里等候小女孩儿。让女孩儿借助一根电话线和一个根本不存在的电话号码，实现了把人间和天堂、心灵与心灵连接起来的愿望。

心灵感悟

有的时候，在不经意间我们会忽视很多东西，而最重要的是心灵，当我们从心灵深处挖掘出自己所要的那份情感的时候，我们才知道，有些东西真的要从内心来找答案，在心里将爱与爱连接。

用牙咬住的生命

雪　翠

这是发生在旅游景点里的一个真实的故事。故事中的主人公是两位老人。

一天，两位老人离开旅游团，相携着到山崖上看夕阳。夕阳无限好。西天燃烧着橘红的霞光，犹如一场缤纷而下的太阳雨，溅落在山石草上，跳动着灿烂无比的阳光。

两位老人如醉如痴地欣赏着这无比瑰丽的美景，突然，她感到身边有一个东西在往下坠落，她下意识地伸手一拽，拽住的正是她失足的丈夫。她拽住他的衣领，拼命地往上提拉，但无论怎么努力，都无济于事。他悬在山崖上也不敢随意动弹，否则两人都会同时摔落谷底，粉身碎骨。她拽着他实在有些支撑不住。她的手麻木了，胳膊又肿又胀，仿佛随时都会和身子断裂。她意识到她瘦弱的胳膊根本拉不住他太沉的身体，她只能用牙齿死死咬住他的衣领，坚持着。她企望有人突然出现，使他绝处逢生！

他悬挂在山崖上，就等于把生命钉在了鬼门关上，在这日薄西山的傍晚，有谁还会来到山崖上？意识到这一点之后，他说："放下吧，亲爱的……"

她紧紧咬住牙关无法开口，只能用眼神示意他不要吱声。

1分钟过去了。

2分钟过去了。

10分钟过去了。

冥冥中，他感到有热热的黏黏的液体滴落在他的脸上。他敏感地意识到是从她的嘴巴里流出来的血，还带着一种咸咸的腥腥的味道。他又一次央求她道："求你了亲爱的，放下我吧！有你这片心意就足够了，面对死亡，我不会埋怨你的……"

她仍死死咬住他的衣领，无法开口说话，只能用眼神再次阻止他不要挣扎。

1小时过去了。

2小时过去了。

他感到有大颗大颗热热的液体滴落在他的脸上，他知道她七窍在出血了，他肝肠寸断却无可奈何。他知道她在用一颗坚强的心和死神相抗争。他幡然感悟到生命的分量此时此地显得无比沉重，死神如鹰鸷般拍打着有力的翅膀，时刻向他俯冲、袭击，一不小心生命就会被包埋在蚕茧里而终止了……

不知过了多长时间，旅游团的人们举着火炬找到了山崖边，终于救下了他俩。她在不远的一家医院里住了好长时间。

那件事发生后，她的整个牙齿都脱落了，并从此再也没有站起来。

他每天用轮椅推着她，走在街上，看夕阳。

他说："当初你干吗拼命救下我这个糟老头子呢？亲爱的你看你，牙齿……"

她喃喃道："亲爱的，我知道我当时一松口，失去的不仅是你，也是我后半生的幸福……"

他推着她向夕阳走去。

人们都看着他俩融在太阳里，成为一道最美丽的风景。

心灵 感悟

　　在一瞬间，人失去的可能并不是一个身边的人，可能是一辈子的情感寄托。当面对抉择的时候，我们看中的不仅仅是身体上的满足，而更多的是精神上甚至是心灵上的满足。

别松弛了你心灵的琴弦

冷 薇

一次音乐课上，大音乐家奥尔·布尔告诉学生——不要演奏任何失调的乐器，因为一旦你这样做了以后，你就不会潜心区分音调的各种细微的差异，就会很快地模仿和附和乐器发出的声音。这样，你的耳朵就很容易失灵。

说着，奥尔拿过一把看似很普通的小提琴，提醒学生注意听他的演奏，然后判断一下是不是有一根弦松了。拉完一曲，奥尔又拿起另一把做工非常精美的小提琴，告诉大家这是一把维也纳著名的制琴大师刚刚制作的好琴，他用它把刚才那支曲子又演奏了一遍。然后，他问学生："仔细比较一下，是不是第一把小提琴有根弦松了，是不是音调有一丝的不和谐？"

一位学生站起来说："是的，第一把琴是有根弦松了。"

"没错，是松了一点点，仔细听就能听出来。"另一位学生补充道。

奥尔走到后面的一位学生身旁，问他是否也听出来了有松弛的琴弦，这位学生肯定地点头附和。接着，他又问了其他学生，他们都说听出来了，第一把琴确实有根弦松了，还有的学生说那音都因此有点儿粗糙了。

直到所有的学生都认为第一把琴有根弦松了，奥尔才微笑着请大家再听他用这把琴把刚才那支曲子演奏一遍，看看是否能够听出究竟哪一根弦松了。作为对比，奥尔还用那把漂亮的琴演奏了一遍。

学生们仿佛受了鼓励，都向前围了过来，紧紧地盯着奥尔拉琴的手，竖起了耳朵，希望自己能够在名师面前辨别出那根松了的弦。

奥尔刚一演奏完毕，学生们便指着桌上的第一把小提琴，七嘴八舌地争论开了，他们每个人都找到了自己认为松弛的琴弦，并为自己的判断找到了看似很充分的理由。奥尔一直沉默地听着学生们的发言，未做一句评判。

过了好长的一段时间，教室里静了下来，学生们把目光都投向了奥尔，等待他揭示答案，看看究竟是哪一根弦松了。

然而，奥尔却举着学生们刚才评点的琴，一脸郑重地告诉他们："大家仔细看好了，这可是一把精制的小提琴啊，三位著名调琴师刚刚把它调试好，根本就没有一根弦是松的。倒是这一把外表做工很精巧的琴，有两根弦都松了，你们看，就在这里。"顺着奥尔的手，大家果然看到了他们没有留意的两根松弛了的琴弦。

"啊，原来是这样！"学生们惊讶得一时呆住了。

"你们都轻信了我刚才故意做的那些误导，轻信了那根不存在的虚幻的'松弦'。其实，我真正的用意是要提醒大家记住：今后，无论是拉琴，还是生活，都要学会倾听，不仅要学会用耳朵倾听，还要学会用心灵倾听，尤其是在那些需要聚精会神地听的时候，千万不能松弛了你们心灵的琴弦。"奥尔语重心长地教诲道。

奥尔以其新颖的授课方式，不仅培养出了一大批优秀的音乐人才，还向人们揭示了一个深刻的道理——当你松弛了心弦，轻易地放弃了自我，不自信地盲从于别人的说法，就很有可能失去正确的方向。

只有调试好心灵的琴弦，才能演绎好人生的交响乐。音乐大师奥尔精彩的一课，穿过岁月，至今仍散发着睿智的芬芳。

心灵感悟

　　有些时候，我们会随波逐流，让我们的思绪同其他人一起分享着一件相同的事情，可我们却忽略了自身所具备的洞察问题的能力，让我们自己完完整整地失去了一切，而当我们"回归"之时，才发现我们没有打开自己的心灵，放松了自己的思维。

使我茫然的一件事情

沛 南

夕阳西下，暮色笼罩了一切，我迎着秋风走过一条又一条路，索然无味地寻找早已搬迁得不见踪影的车站，任凭零落的枯叶被我踩得吱吱直响。

忽然，一阵狂风夹着细沙扑面打来，我不禁打了一个寒噤，深秋的一切都让人感到惆怅。我好不容易走到延安西路，这里残秋的夜景却繁华依旧。商店门口招牌上的霓虹灯忽闪忽闪的，煞是好看。人行道上匆匆赶路的行人还有不少。马路上一辆接一辆的汽车带着寒风呼啸远去。但是，我所注意到的，既不是霓虹灯灯光的变幻无穷，也不是那些西装革履、打扮入时的人们，更不是穿梭不息、来来往往的汽车，而是一个不起眼的瑟缩着身子的老太太。

她的身材又瘦又小，头上包着一块黑色头巾。灰色的外套已经泛黄，小小的脚上套着一双老式布鞋。一阵风吹过，老人抖得更厉害，衣衫的波动也更大了。她的头低低地垂着，几乎埋进黑色的头巾里。无论灯光有多亮，我也看不清她的脸，只看到她的鼻梁上架着一副老花镜，身体颤颤地发抖。

或许她视力太差，或许她步伐太缓。正当老人小心翼翼地盯着地面过马路时，一辆自行车从她左侧疾驶而来，不偏不倚，正好撞在她的身上。噗一声，

21

老人应声倒地。人行道上霎时围拢了许多人，个个都带着一抹惊奇的神色。自行车横在地上，车轮飞快地转着。肇事者竟是一个穿着笔挺西装的年轻人。他环顾左右，满脸不耐烦地对着老人喊："起来！起来！"

老太太伏在地上，头垂得更低，仿佛没有听见四周杂乱的声音，两只手在地上不停地摸索着。路边的灯光柔和地洒在了她的身上，我虽然看不清她的脸，但她那干枯的手在灯光下更显得脉络分明，僵直得如枯树枝一般。

忽然，人群里有人喊起来："眼镜，眼镜。"我望了望四周：啊！眼镜，就在路中央。我刚要上前一步拾起眼镜，又一辆自行车擦身而过，车轮恰好从眼镜上碾过。可是，骑车的人头也不回就扬长而去了。眼镜，哪能不碎？

我望着地上眼镜的碎片，低低地叹了一口气，却听见老人低语："眼镜，我的眼镜……"我不顾众人惊诧的目光，过去把她扶起来，又把她搀到人行道上。这时，人们渐渐散去，只留下一阵阵嘲讽的讥笑声，肇事者也若无其事地推起车走了。只有老人仍在梦呓般地喃喃道："眼镜……"

我拾起眼镜框架交给她，她一下子呆住了，半晌说不出话。我依然看不清她的脸，但是我猜想她这时的表情一定很木然。

过了一会儿，她悄悄地推开了我扶她的手。幸好，她被车撞的伤不太严重。她慢慢地，蹒跚地，一步一步地往前走。她确实老了，老得无力了。可是却没人肯帮助她、关心她。她，就像是残秋里的落叶。

延安路上耀眼的灯光早已远离了我。现在我面对的是一条黑洞洞的深不见底的窄弄堂。老人头也不回径直地走了进去，推开了一扇漆黑的门……

树上又飘下了一些树叶。一阵风起，一片片枯叶漫天飞舞。在这深秋之夜，我的心情十分茫然。社会上至今犹存的这种现象，为什么不能像秋风扫落叶那样一扫而过呢？人与人之间能不能多一点儿道德，多一点儿理解，多一点儿温暖，多一点儿爱呢？

我带着满腔的同情和满腹的疑问，游荡在残秋的大街上……

心灵感悟

我们的社会需要的是高素质的、高品质的人才，但是有的时候很多人不会动用他们那所谓的可贵的素质以及品质，而是让我们感受世界的更加冷漠与无情。

学会回头

雁 丹

少年时总想做个有个性的人，便十分倾羡那些铮铮铁汉，"说走咱就走"，无须回头。而对那些"三步一回头，两眼双泪垂"的离愁别绪总不屑一顾，走就走吧，何苦造作多事，不免好笑。在渐渐长大中，我仍为这份潇洒自豪，直到那个冬天偶尔听到父亲对母亲的叹息：

"岳儿似乎不恋这个家，每次走时都没有回头看一看。唉——"

"现在年轻人都这样，其实他心里还是很想看的。"母亲淡淡地答道。

我突然发现原来这十多年来我一直守候着的竟是一个错误，而父母十多年来也一直原谅着这个错误。我开始重新审视自己。

18岁那年，命运的垂青让我从山村跨进了大学的校门。全家人都为我成为村里的第一个大学生而骄傲，可还是浪费不起一笔"多余"的路费——家里人不可能把我送到学校。我也执意只让父母送到晒坝边，便一个人踏上了几千里的路程。那是我第一次见到红绿灯和火车。18年来我到过最远的地方，便是二十几里外的县城。我知道父母希望和内疚交错的目光，我不敢回头，自此以后，我每次休假后离家返校，都保持着那种现代人的性格，从不回头。

假期中，朋友难得相聚，便邀约了一大群人东串西走，畅叙友情与人生，之后便是相约来年。离别时，潇洒地扔出几句"不用送了"和充满豪情的"Bye—Bye"后，一大群人便笑谈而去，也不见有几只手挥挥，总觉得这便是年轻人的不拘小节、不落俗套的"大方"，不想回头。

那个秋日，应一个女孩儿之邀上她家里去玩，走时她从七楼一直陪我走到了底楼。我执意要她先回，可她却说总想看看我的背影。离别时，她笑着向我挥挥手，我轻轻一点头，便转身离开了。那短短几十米的路让我集中了二十多年的坚定与自信，毫不犹豫地走着，但我能感觉身后那深情的目光。我总想把自己的身影塑造得更魁梧，便走得那样从容，可是，却忘了回头。

如今，当我坐在明亮的办公楼里时，一种莫名的空虚与寂寥常常袭扰着我。对于这一切，我总以为是自视清高与看破红尘的清醒，而今才知是不会回头的代价。因为没有回头，我错过了许多东西。我没有理解父母深情的希冀，也没有会意朋友尽兴之余的失落；当我在焦虑中苦苦守候那远方的来鸿时，才终于明白，是我错读了那份目光，无意中伤害了那份深情。

我开始学着回头。当我面对迷茫和困惑时，我便回头，看看来时走过的路，再回首时，迷茫便已消散；当我面对成功的喜悦时，我也回头，想想奋斗的艰辛，便加倍珍惜拥有的幸福。

我回头，因为我相信回头也是一种幸福——"蓦然回首，那人却在灯火阑珊处"。

心灵感悟

有的时候我们会自问，每当自己发愁的时候，为什么我们只会看向前发展的脚步，并且难以抵抗一种从内心发出来的心情。我们忽略了沿途的风景，而当我们回头，适当地回望走过的路时，感悟到有的时候蓦然回首也是一种快乐！

人生的困苦

当我们的生活处于最深的危机的时候，那些鸡毛蒜皮的小困难都被掩在了最深处，它们不能对我们构成一点点的威胁，于是，在不经意间被我们轻而易举地一掠而过了。而当我们处于风平浪静的生活浅水区时，那些原本不值一提的小事情却成了一道道人生的险滩和暗礁，往往把我们撞沉。

沉重的土豆丝

凝 丝

朋友曾经对我讲述了一个关于她自己的故事：

我是一个独生女，父母从小就对我十分严厉。虽然在生活上从不亏待我，但是在思想上却很少和我交流，在学习上更是进行高压管制，从不给我一点儿自由。

我十分孤独。所以从开始学习写作文起，我就养成了写日记的习惯。

我考上了我们市的重点高中。我每天早上都带着午餐去上学。带午餐的同学挺多，因此，大家免不了会在一起"交流"，要是觉得哪个同学带的什么菜好，我就会在日记里写上一笔。

开始还没留意，后来，我慢慢发现，凡是在我日记里记过的那些味道不错的好菜，隔上一两天，妈妈就会让它们出现在我的饭盒里。莫非他们偷看了我的日记？我不愿意相信。他们一个是工程师，一个是编辑，都那么温文尔雅，风度翩翩，怎么会这么做呢？

但是，我不愿意看到的事情还是发生了。我发现日记里的书签有好几次被动了地方。

可是我还是没有贸然出击，我想了一个花招儿。那天晚上，我在日记里写道："中午，大家在教室里吃各自带的盒饭，张伟丽带的是土豆丝，是用青椒丝和肉丝拌着炒的，吃起来脆脆的，麻麻的，真香！张伟丽的妈妈真好！张伟丽真幸福！"

第三天早上，我打开饭盒，扑入眼帘的便是青椒丝和肉丝拌着炒出来的香喷喷的土豆丝！

我愤怒极了，当即就把盒饭扣到了地上。妈妈吓愣了，呆呆地看着我。我冷冷地说："你们是不是看了我的日记？"我叫道，"你们知不知道你们这种行为有多么不道德！多么卑鄙！"

说完我就冲出了门，在大街上逛了一天。那是我第一次逃学。我忽然发现这个世界实在是令我失望：连父母都不值得信任，生命还有什么意义？往后的事情越发不可收拾：我成了那个时候少有的"问题少女"，被学校建议休学一年。

我就待在家里，和父母几乎不搭腔。他们想和我说话，我也不理他们，只是把自己关在房里胡思乱想，有几次甚至差点儿割腕自杀，只是因为勇气不足而临阵退却了。过了一段时间，爸爸给我办了一张图书馆的借书证，我就开始去外面看书。就这样，我熬过了漫长的一年。

这之后，我又到一所普通高中复读，高中毕业后，又上大学，大学毕业后，我顺理成章地参加了工作。不知不觉间，我的生活又步入了正轨。

24岁生日那天，妈妈做了很多菜，其中一道菜就是土豆丝。看到土豆丝，我一下子又想起了旧事，便以开玩笑的口气对他们回忆起我当时的糟糕状况，没想到父母当时就哭了。妈妈说："你知道这些年我是怎么过来的吗？看到一盒土豆丝把你弄成了那样，向你承认错误，聊聊天，谈谈心什么的，你都不让。我真是连死的心思都有啊！"

我震惊极了。我从没有想到那盒土豆丝居然在父母的心上也压了这么多年，并且膨胀成了沉重的千斤担。他们虽然是父母，可也并不是圣人。他们也有犯错误的权利，也有在人生中学习的权利。他们也像我一样，是

个会受委屈的"孩子",需要在犯错误和学习的过程中得到理解和宽容。

朋友最后说:"如果我们能够理解父母的爱,也能够理解我们的爱父母,那么这两种爱便可以融会成我们生命中最重要、最宝贵也是最美好最恒久的财富。"

或许我们不认为自己做过的错事是大事,而往往认为其他人错了就永远地错了,可是我们并没有公正地去对待这些错误,每个人都是在一步步地成熟,有的时候我们更应该敞开心扉去接受成长中带刺的经历,让我们的人生更加完美。

打电话

宛 彤

这是那年春节时，我在火车站看到的一幕。

一个普普通通的打工者，在人潮涌动的火车站的一个公用电话亭里正在打电话，他坐在一个破烂的皮箱上面，一只手拿着一个崭新的但已经记得密密麻麻的电话本，一只手拿着话筒。

"喂，你好！麻烦你叫赵波接一下电话好吗？他不在？那麻烦你找一下他，行不行？我有急事找他，很紧急的事！不好找？哦，真对不起！估计他什么时候能回来？说不定？一般是什么时候？晚上？好，我晚上再打，谢谢你啊！"

他哗哗哗地又翻电话本，找出一个号码，拨通了："是陈小涛吧？我托你的事……现在工作不好找？哦，工资低一点也行，活儿累点儿也不算啥，我都没问题！我是今天夜里的车，买不到票，我都来3天了，人太多了，大概后天早上到。我找你还打这个电话行不行？那好，麻烦你操个心，谢谢！谢谢了。"

挂了电话，他望着火车站广场上的人潮发了一会儿愣怔，好像是在思考什么问题似的，然后他又翻电话本，拨通了一个电话："喂，是小三吗？哦，对不起，我找王三强接电话，谢谢！喂，小三，你上班了没有？已经上班了，怎么样？你们厂还能不能进人？初二人就满了！咦，早知道就不在家过年了。我就知道不好找……你帮我留个心，我到了再给你打电话。好了，再见了！"

"喂，是陈军吗？"他又拨了一个电话，"陈军，是这样的，我准备到广州去打工，可到了火车站，买不到票，一住就是3天，我身上的钱花完了，你能不能借我点钱用，100块钱就行。那边的工作我已经找好了，一个月800，拿了工资我就还给你！你还不相信我？你现在离火车站最近，我只有找你了。你……哦，那就算了吧，我再想想别的办法。"

看来他真的很糟糕，还没到目的地，身上的钱就花光了，工作又没有着落。我正寻思着怎么帮帮他，他对着话筒又说了起来："妈，我已经到了，今天早上就到了，已经住在厂里了，真的！你放心！没事的，你看我一到就给你打电话。工资也不低，一个月1000呢！哎呀，别啰唆了，我知道！我知道！我知道！路上累得很，要洗澡了，洗完澡再好好睡一觉。好了，长途电话费很贵的，我挂了啊，妈。"这是他给妈妈编造的善意的谎言。

我向他走去，他又拨通了一个电话，顿时，他满脸喜悦地说："秀秀，我已经到了，工作也找好了。不是他联系的，也不是他……是我一个同学帮着联系的，你不认识，那是我一个小学的同学。这厂还可以，挺大的，挺气派！路上没事，一路平安！你放心，我会好好干的！工资可能是1000，以后还会加的。等我拿了工资，一定会接你过来的！我的电话？我刚到还没问……宿舍里也没有，不过我会经

常打给你的。我能自己照顾好自己的，你也要照顾好自己。我今年要挣好多的钱，年底回来咱们就结婚……"他眉飞色舞、手舞足蹈、旁若无人地讲着话，像真的已经成就了一番伟业，全然忘了他已经穷得只剩下了一张单程车票。我站在他的身边，越看越觉得他像一个英雄，一个不折不扣的英雄……

心灵 **感悟**

　　有的时候，一穷二白不可怕，反而拥有很多。我们有双手，我们有头脑，我们可以通过努力去得到很多，而在这人生路上我们最应该做的是让其他人安心，让自己去默默地创造。

青城山下的男孩儿

碧 巧

从青城山下来，急匆匆地往停车场走去。爬了半天的山，有点儿累了，我想快点儿坐到车上歇歇。突然我发现，不知什么时候我身后跟了个孩子，是个男孩儿，七八岁的模样，脏兮兮的脸上抹得一道儿一道儿的。看样子他是跟了我一阵子了，只是我忙着赶路，没注意身后有这么个小尾巴。我发现他的时候，他正哭咧咧地冲着我唠叨着什么。见我注意到他，他用眼睛盯着我又不出声了。我问他："你跟着我干吗？"他怯生生地把他攥着的小手张开了，手心里是一条项链，他说："你买了吧。"那是种最廉价的项链：一条白铁链下面吊着个玻璃珠，完全是哄小孩儿玩的那种。我忍不住笑了，对他说："我不买，我不戴这玩意儿。"可他仍旧一步不落地跟着我。我心里有数：别看他一直哭咧咧的，但他并没有眼泪。装的，我心想，这种孩子我见过，小奸巨滑的，离他远点儿。

到了车跟前，我回过身，冲着他随便往远处一指说："你去那边看看吧，也许有人会买。"说完，我踏进了车门。那孩子一下子又哭了，这回他是真哭

了，是那种又委屈又绝望的哭，仿佛那道车门关闭了他全部的希望。他一边哭一边说："你买了吧，我上学还没有学费呢！"上学？我的心一下子就软了。于是我又走下车，从他手里拿过那串项链："几块钱？"我问他。"3元！"唉，不就是3块钱吗？给他吧。我一边掏钱一边对他说："你真会做买卖。谁教你的？"那孩子没说话，只是用手不停地抹眼泪。旁边一个卖根雕的小伙子和一个老婆婆说："他爹妈都不在了，他跟着奶奶过。"原来是这样，难怪这么大点儿就出来奔波。我心里有点儿不平静。我打开钱包，没零钱，只有一张10元，一张50元的。然后我抽出那张50元的递给他。他睁大了眼睛有点儿不知所措地望着我。我拉过他的手，轻轻地对他说："拿着吧，好好学习。"那个老婆婆催促他说："快谢谢阿姨，告诉阿姨，再来青城山，到你家去玩。"他接过钱，只是低着头，一句感谢的话也没说。突然，他转身跑了，越跑越远。我忽然觉得我是不是太轻率了，这么简单就把钱掏给人家了。

上了车，我一直望着他跑过的那条小路。突然我发现，那条小路的尽头又出现了他的身影，越来越近，他是跑着向这儿奔来的，这次他手里拎着个塑料袋，圆鼓鼓的。我心想：糟了，不知他又要向我推销什么。我赶紧对司机说："快关门，别让他上来。"他没上车，而是径直地跑到我座椅的窗下，仰起小脸，气喘吁吁地把那个塑料袋举给我，隔着薄膜我看清了，是栗子，这种栗子是青城山特有的品种，个儿不大，尖尖的，5块钱一斤。我以为他又向我兜售，就忙摆手对他说不要，但那孩子说是送给我的，说着，他还用他那小黑手抓出一把给我看。

我心头一热，一种复杂的感情在我的心底升腾起来，我又走下车，来到他面前。只见他那小花脸抹得更脏了，头发里湿漉漉的都是汗，我蹲下来，心里有点儿不是滋味："阿姨不要，阿姨回北京太远，拿不动。"他像是没听见我的话一样，只是一个劲儿地说："拿着嘛，拿着嘛。"我只好捧了一把。见我装到兜里，他高兴地冲着我做了一个鬼脸，然后咧着嘴笑了。这是我第一次见到他笑，他的笑天真、顽皮，但愿他能永远笑下去。

心灵感悟

　　每个人都会被一些事情所磕绊，但是重要的是，我们要乐观地、坚强地走在这坎坷的人生的大道上。

哭够了再说

向 晴

一个女人，从少女开始就经历不幸，先是高考落榜，再是遇人不淑。打工路上两次被骗失身，然后是初恋失败，最不幸的是嫁人后没几年就离了婚。似乎所有的不幸全让她赶上了。于是她不想活了，她想用一种极端的方式来告别这个世界，她觉得，这个世界是不公平的。她给所有她知道的电话号码打电话。

最后一个电话，她打到了一个心理咨询热线，她质问，为什么，所有的幸福与我无关？

主持人是个美丽善良的女人，她说，能把你的故事告诉我吗？

那时，她觉得这是她对这个世界最后的告别了，于是她从最初的苦难开始说，一边说一边哭，最后泣不成声，再也没有力气说下去。

电话那边一直静静地听着。

她终于不哭了，问主持人，为什么你没有和别人一样劝我？

主持人说，劝，会让你更感觉自己的无能和无力，你心中的郁闷不是一句劝两句劝能解开的，也许你没有痛快地流过眼泪。主持人说她记得有位哲人说过，哭够了再说，没有什么过不去的。

女人听了，又放肆地哭了起来，似乎要把那些年的苦全哭出来一样，漫长的几个小时，她一直在哭，一边哭一边说，到最后，她似乎忘记了今天晚上是要去自杀的。而主持人告诉她，没什么大不了的，遇到最难过的坎，咱就哭够了再说。

那句话救了她，几年之后，每当她遇到找她哭诉的女人时，她总是拍拍她的肩：别着急，哭够了再说，眼泪中有好多东西，可以杀掉生活中那些绝望和悲哀。

我的小侄女，三年级的小学生，小测验没考好，坐在地上哇哇大哭。哭过了，继续去跳绳，好像不记得自己才考了70多分。

而我在从前，每次遇到伤心的事就压抑着自己，不肯轻易流眼泪，甚至觉得那是无能的表现，最无能的人才会哭。所以，在遇到任何事情时，我都坚持着微笑，结果是差点儿得了抑郁症。直到有一次，我被人骗了，骗得好惨：那个同学搞传销，把借我的几万块钱全打了水漂儿不算，还骂我是笨猪。我一个人气得骑车满城乱逛，直到眼泪哗哗地流出来，一边骑一边哭，哭累了，就倒在一块草地上，感受着温度的阳光，我想，日子还是要过下去的，不是吗？难道没了这几万块钱我就不活了？就当是白手起家好了。

那是第一次，我哭得那么痛快，哭过之后，天高云淡，好像自己过了一关，以前的压抑委屈仿佛都随着泪水流出了身体，又会重新以一个坚强的心来面对生活。后来我问我的朋友，知道"哭够了再说"这句话出自哪位伟大的人之口吗？我的朋友说，它来自我们的红尘生活，不一定是谁说的，但是，却让人感觉那么痛快淋漓，每一个面临红尘重压的男女都可以在快崩溃的时候哭够了再说。是啊，在快坚持不住的时候，在委屈万分的时候，何妨一哭？哭够了再说吧，哪有翻不过去的山，蹚不过去的河？

于是，我在遇到困难和委屈的时候再也不装什么英雄，哭够了再说，反正明天太阳还是要出来的。不是吗？

心灵**感悟**

遇到困难并不算什么，困难对于人来说只是人生中的一个小插曲，不论遇到什么不幸的事情，只要我们能够坚强地走下去，之后忘记它，那么以后的生活还都会是新的生活，没有什么事是我们想不开的。

停顿10秒

凝 丝

　　一位技艺高超的走钢丝的演员准备给观众带来一场没有保险带保护的表演，而且钢丝的高度被提高到了16米。

　　海报贴出后，立即引来了大批观众。他们都想知道这位演员如何在没有保护的情况下，从容自若地在细细的钢丝上完成一系列的高难度动作的。

　　对于这样的表演，他早就胸有成竹，心里有十二分的把握走好。

　　演出那天，观众黑压压地坐满了整个表演现场。他一出场，就引来全场观众热烈的掌声。

　　他慢慢爬上了云梯，助手在钢丝尽头的吊篮中把平衡木交给他。他站在16米的高空中，微笑着对观众挥挥手。观众再次给予他雷鸣般的掌声。

　　他开始走向钢丝，钢丝微微抖着，但他的身体像一块磁石一样粘在钢丝上，一米、二米……抬脚、转身、倒走……一切动作都如行云流水。

　　助手站在钢丝的一端紧张而又欣赏地看着他，暗暗为他加油。

突然，他停止了表演，停止了所有动作。刚才还兴奋的观众马上被他的动作吸引住了，认为他将有更为惊险的动作，整个表演场地马上平静了下来。

但助手觉得这极不正常，助手马上意识到他可能遇上了麻烦，他背向着助手，助手不知道发生了什么，助手只是感觉到钢丝越来越抖。他竭力平衡自己的身体，助手的额头渗出了细密的冷汗。

经验丰富的助手知道此刻不能向他问话，否则会让他分心，会导致难以想象的后果。

助手全身微微抖着，紧张地看着空中的他，时间一秒一秒地过去，突然他开始向钢丝另一头走了一步，然后动作又恢复了正常。

助手长长地松了一口气。

他很快表演完了，从云梯上回到地面，人们发现他的眼睛血红，好像还有泪痕，演员们全都围了过来。

他到处在找他的助手，助手从远处跑来，他一把抱住了助手说："兄弟，谢谢你。"

助手见他平平安安十分高兴，说："天哪，我不知道你在空中发生了什么？"他说："亲爱的兄弟，这是魔鬼的恶作剧，一阵微风吹来了灰尘，掉入了我的眼睛，我在16米高空中'失明'了。我的第一个念头就是我今天命该如此，但我心又不甘，我对自己说，我应该坚持，我在心中一秒一秒地数着，就在刹那之间，我感觉到泪水来了，这是我救命的圣水，它很快把灰尘冲了出来。但是，如果你那时唤我一声，我肯定会分心或者依赖你来救助，但如果你那样做谁都知道后果是什么。"

他说完，所有人都为他和他的助手鼓起掌来。

生活中不管发生了何种变故，我们都不应该急躁，给自己留10秒钟的时间思考，先让剧烈跳动的心脏平静下来，然后再让阅历和经验来做主，等待由经验把握的另一种命运的结局。

当我们在生活中遇到突发事件时，我们会怎么做，是立刻去改变些什么，还是要仔细地思考该做什么？对于大部分人来说也许是要应急，但是如果我们停下来去考虑清楚，结果也许会是更为精彩的。

净叶不沉

佚 名

　　一个年轻人千里迢迢找到燃灯寺的释济大师说："我只是读书耕作，从来不传不闻流言蜚语，不招惹是非，但不知为什么，总是有人用恶言诽谤我，用飞语诋毁我。如今，我实在有些经受不住了，想遁入空门削发为僧以避红尘，请大师您千万收留我！"

　　释济大师静静地听他说完，然后微微一笑："施主何必心急，同老衲到院中捡一片净叶，你就可知自己的未来了。"释济带年轻人走到禅寺中殿旁一条穿寺而过的小溪边，顺手从菩提树上摘下一枚菩提叶，又吩咐一个小和尚说："去取一个桶，一水瓢来。"小和尚很快就提来了一个木桶和一个葫芦瓢交给了释济大师。大师手拈树叶对年轻人说："施主不惹是非，远离红尘，就像我手中的这一枚净叶。"说着将那一枚叶子丢进桶中，又指着那桶说："可如今施主惨遭诽谤、诋毁、深陷尘世苦井，是否就如这枚净叶深陷桶底呢？"年轻人叹口气，点点头说："我就是桶底的这枚树叶呀。"

　　释济大师将水桶放到溪边的一块岩石上，弯腰从溪里舀起一瓢水说："这是对施主的一条诽谤，企图是打沉你。"说着就哗的一声将那瓢水浇到桶中的树叶上，树叶激烈地在桶中荡了又荡，便静静地漂在了水面上。释济大师又弯腰

舀起一瓢水说："这是庸人对你的又一句诽谤，企图还是要打沉你，但施主请看这又会怎样呢？"说着又哗的一声将一瓢水浇到桶中的树叶上，但树叶晃了晃，还是漂在了桶中的水面上。年轻人看了看桶里的水，又看了看水面上浮着的那枚树叶说："树叶竟毫无损伤，只是桶里的水深了，而树叶随水位离桶口越来越近了。"释济大师听了，微笑着点点头，又舀起一瓢瓢的水浇到树叶上，说："流言是无法击沉一枚净叶的，净叶抖掉浇在它身上的一句句飞语、一句句诽谤，净叶不仅未沉入水底，却反而随着诽谤和飞语的增多而使自己渐渐漂升，一步一步远离了渊底了。"释济大师边说边往桶中浇水，桶里的水不知不觉就满了，那枚菩提树叶也终于浮到了桶面上，翠绿的叶子，像一叶小舟，在水面上轻轻地荡漾着、晃动着。

释济大师望着树叶感叹说："再有一些飞语和诽谤就更妙了。"年轻人听了，不解地望着释济大师说："大师为何如此说呢？"释济笑了笑又舀起两瓢水哗哗地浇到桶中的树叶上，桶水四溢，把那片树叶也溢了出来，树叶漂到桶下的溪流里，然后就随着溪水悠悠地漂走了。释济大师说："太多的流言诽谤终于帮这枚净叶跳出了陷阱，并让它漂向远方的大河、大江、大海，使它拥有更广阔的世界了。"

年轻人蓦然明白了，高兴地对释济大师说："大师，我明白了，一枚净叶是永远不会沉入水底的，流言、飞语、诽谤和诋毁，只能把纯净的心灵淘洗得更加纯净。"释济大师欣慰地笑了。净叶子不沉，纯净的心灵又有什么能把它击沉呢？即使把它埋入污泥深掩的塘底，它也会绽出一朵更美更洁的莲花。

心灵感悟

清者自清，浊者自浊。这是中国的古语。当我们面对流言蜚语的时候，我们更多地想的是如何去解释，但是我们忽略了一点，其实我们本身是清白的就不需要解释给任何人，因为我们从内心中明白了我们是真正清白的那个人，而其他人或许才是污秽的。

只多一点点

采 青

栖霞是闻名全国的苹果主产区，这里的苹果个头儿大、汁儿多、脆甜，深受全国各地人们的喜爱。因此，几家较早开辟苹果园的人，很快就富了。

见种植苹果的人富了，许多人蜂拥而起一下子建起了许多苹果园，没几年，栖霞遍地都是苹果。苹果成熟时，堆积如山的苹果销路成了问题，让许多果农愁得一夜白了头。一个果农担忧地对自己的儿子说："苹果这么难卖，明年咱们毁掉果园种其他的吧。"

果农的儿子说："咱们的果园经营了这么多年，好不容易才到盛果期，毁掉了就前功尽弃了，几年的血汗就白流了。"

果农伤心又无奈地说："那又有什么办法呢？"

果农的儿子说："先不要毁，让我再想想办法吧。"

第二年，这个果农的果园没有毁。5月份，当苹果长到半熟时，在其他的果农悠闲地在树下打牌、聊天，等着果园里的苹果成熟时，这个果农的全家人却开

始忙碌起来了，他们拿着剪好的"喜""祝你发财"，等等的剪纸，用不干胶将这些剪纸一一贴到那些个头大、果形好的苹果上，只几天便把整个果园的苹果给贴满了。其他的果农说："苹果都半熟了，还忙什么？歇着等苹果熟就行，销路难找，是大家都难找，你一家忙什么？"这个果农笑笑说："没啥，闲着也是闲着，我只是比大家多忙一点点。"

苹果成熟后，果然销路仍然很难找。当其他果农为自己堆积如山的苹果销路忧愁得寝食难安时，这个果农的果园却涌满了从全国各地来的订货的水果商，甚至许多水果商为订到苹果竟排起了长队，有的还主动向果农上浮了苹果的价格。邻近的果农看着川流不息驶向这家果园的大货车，不明白同是红富士，苹果个头、果形也差不多，为什么他家的客商络绎不绝，而自己家却门可罗雀呢？他们拦住了一位水果商，水果商拿出两个苹果说："人家的苹果上有'喜'字，有'祝你发财'，这样的苹果在市场上很抢手，你们有吗？"几位果农明白了，原来人家在半熟的苹果上贴了剪纸，等到苹果红后，那剪纸就在苹果上留下了清晰的字迹。但这并不是多么复杂的事情呀，有字的苹果，仅仅比普通的苹果多一个或几个字嘛，不就多了一点点吗，怎么销售时却差别这么大呢？

一位水果商说："不错，就是因为多了那么一点点，所以多一点点的，和少一点点的，就有了天壤之别了。"

难道不是这样吗？在生活中有许多人原本和我们一样，只是他们比我们多一点点的勤奋，所以他们成功了，而我们却依旧普通着；有许多人原本和我们一样，只是他们比我们多了一点点对人生的执着，所以他们成为了奇迹，而我们却成为了人生的庸者……

只多一点点，比小溪多一点点就成了

大河，比大河多一点点就成了长江，比长江多一点点就成了大海。一个人的失败就是因为他比别人仅仅少了一点点，而一个人的成功也是因为他比别人仅仅多了一点点。

比别人多一点点，那么别人是小溪，你就可以成为宽广的海洋。

心灵 感悟

人生要我们做的并不是多么轰轰烈烈的事，也许有的时候只要多出那么微小的一部分，就会让我们的人生走向更加精彩的舞台，让我们的生活更上一个台阶，积跬步，可至千里。

人生的困苦

冷　柏

　　一个老船长被聘请到一家海运公司当船长。这是一家频频发生沉船事故的海运公司，对事故的心有余悸，使得这家公司船员们形成了冰山一样沉重的心理障碍，严重影响了公司的正常海运业务。

　　满头白发的老船长上了船，在船长舱里看了看挂在壁上的货船航线图后，他吩咐把它取下来。船上的水手们说："这是公司好不容易花费巨资请来专家们绘的航线图，航线基本都在浅水区，而且暗礁和险滩都标得十分精确，不要这幅航线图怎么行呢？"老船长不理睬水手们，只是要求公司能马上提供一份航线深水区的示意图。

　　船上的水手们十分不解也十分惊慌，过去他们在浅水区按航线行船，船只遭遇不测时，大家凭自己的水性和泳技，能够很快找到荒岛和礁石，可以死里逃生，侥幸逃过一次次劫难。但船只在深水区航行就可怕得多了，一旦遭遇沉船，茫茫大海上不仅很难找到荒岛礁丛，而且连一根稻草也找不到，那就很难有生还的机会了。心有余悸的船员们立刻对老船长的这种做法提出了大胆的质疑和愤怒的抗议。叼着橡木烟斗的老船长什么也不说，他只是撕下一页厚厚的牛皮纸，在甲板上三折两叠地就叠出了一条漂亮的纸船，又找来了一个木盆，倒上半盆的水，然后又往木盆里丢下一些差不多和水深一样高度的石块。老船长把纸船放进木盆里，扳住盆沿轻轻地摇了几摇，顿时，那纸船在木盆里晃晃荡荡的，不是撞到这一个石块，就是搁浅在另一个将露而未露出水面的石块上，只几晃，那个纸船便被撞沉了。这看得围观的水手们个个手心都攥了一把冷汗。

老船长把纸船捞出来，又叠了一个纸船，然后吩咐一个年轻水手将盆子里倒满水，才将这个纸船放到了盆子里。盆子里的水深了许多，刚才那些浮出水面和浅浅淹在水面下的石块现在深深淹在了水底，老船长扳住盆沿晃了晃，纸船在盆里摇摇摆摆晃来晃去，虽然颠簸得十分厉害，但因为没有冒出水面的石块，也没有浅浅淹在水面下的石尖，纸船在盆子里安然无恙。

老船长取下了嘴上叼着的橡木烟斗，望了一眼那些疑惑不安的船员们说："明白了吧？水最深的地方，礁石和暗礁就没有了，船也就没有或减少了不幸触礁的危机，行船就更加安全了；而在浅水区，险滩和暗礁就全浮了出来，就是再有经验的船长，也很难做到不出事故的。"老船长顿了顿，又深深吐了一口烟说："这是我驾船和海打了一辈子的经验了。水越深的地方，也是行船最安全的地方；而水越浅的地方，却恰恰就是沉船事故多发之地啊！"

人生又何尝不是呢？当我们的生活处于最深危机的时候，那些鸡毛蒜皮的小困难都被掩在了最深处，它们不能对我们构成一点点的威胁。于是，在不经意间被我们轻而易举地一掠而过了。而当我们处于风平浪静的生活浅水区时，那些原本不值一提的小事情却成了一道道人生的险滩和暗礁，往往把我们撞沉。

行船要选深水区，人生也贵在艰难困苦时。

心灵 感悟

游泳的时候，我们可能都渴望到深水区去尝试一下，这其实不是为了去挑战困难，而是想去面对一个挑战，而遇到困难也一样，就像游泳时我们也许很难战胜深水区，但一旦成功，那还算是困难么？答案当然是否定的。

爱 之 链

碧 巧

一天傍晚，他驾车回家。在这个中西部的小社区里，要找一份工作是那样的难，但他一直没有放弃。冬天迫近，寒冷终于撞击家门了。

一路上冷冷清清。除非离开这里，要不一般人们不走这条路。他的朋友们大多已经远走他乡，他们要养家糊口，要实现自己的梦想。然而，他留下来了。这儿毕竟是埋葬他父母的地方，他生于斯，长于斯，熟悉这儿的一草一木。

天开始黑了下来，还飘起了小雪，他得抓紧赶路。

你知道，他差点儿错过那个在路边搁浅的老太太。他看得出那个老太太需要帮助。于是，他将车开到老太太的奔驰车前，停了下来。

虽然他面带微笑，但她还是有些担心。一个多小时了，也没有人停下来帮她。他会伤害她吗？他看上去穷困潦倒，饥肠辘辘，不那么让人放心。他看出老太太有些害怕，要不然不会站在寒风中一动不动。他知道她是怎么想的，只有寒冷和害怕才会让人那样。"我是来帮助你的，老妈妈。你为什么不到车里暖和暖和呢？顺便告诉你，我叫乔。"他说。

她遇到的麻烦不过是车胎瘪了，乔爬到车下面，找了个地方安上千斤顶，又爬下去一两次。结果，他弄得浑身脏兮兮的，还伤了手。当他拧紧最后一个螺母时，她摇下车窗，开始和他聊天。她说，她从圣路易斯来，只是路过这儿，对他的帮助她感激不尽。乔只是笑了笑，帮她关上后备厢。

她问该付他多少钱，出多少钱她都愿意。乔却没有想到钱，这对他来说只是帮助需要帮助的人，上帝知道过去在他需要帮助时有多少人曾经帮助过他呀。他说，如果她真想答谢他，就请她下次遇到需要帮助的人，也给予帮助，并且"想起我"。

他看着老太太发动汽车上路了。天气寒冷且令人抑郁，但他在回家的路上却很高兴。他开着车消失在暮色中。

沿着这条路行了几英里，老太太看到一家小咖啡馆。她想进去吃点儿东西，驱驱寒气，再继续赶路回家。

侍者走过来，给她一条干净的毛巾擦干她湿漉漉的头发。侍者面带甜甜的微笑，是那种虽然站了一天却也抹不去的微笑。老太太注意到女侍者已有近8个月的身孕，但她的服务态度却没有因为过度的劳累和疼痛而有所改变。

老太太吃完饭，拿出100美元付账，女侍者拿着这100美元去找零钱，而老太太却悄悄出了门。当女侍者拿着零钱回来时，正奇怪老太太去哪儿了，这时，她注意到餐巾纸上有字。老太太写的，她眼含热泪写的。上面写着："你不欠我什么，我曾经跟你一样。有人曾经帮助我，就像我现在帮助你一样。如果你真想回报我，就请不要让爱之链在你这儿中断。"

虽然还要清理桌子，服侍客人，但这一天女侍者又坚持下来了。晚上，下班回到家，躺在床上，她心里还在想着那钱和老太太写的话，老太太怎么知道她和丈夫那么需要这笔钱呢？孩子下个月就要出生了，生活会很艰难，

她知道她的丈夫是多么焦急。当他躺到她旁边时，她给了他一个温柔的吻，轻声说："一切都会好的。我爱你，乔。"

心灵感悟

做一件好事很容易，做一件不求回报的好事同样很容易，一件好事代表一份爱心，而当我们把这份爱心一份一份地传递下去的时候，当自己也需要帮助的时候，我们才发现有些人似乎已经准备好给予我们帮助了，将爱传递下去帮助其他人就是帮助自己。

有风格的小偷

慕 菡

走过一家羊肉炉店的门口，突然有一个中年人，热情地叫住了我。

回头一看，是一位完全陌生的中年人，我以为是一般的读者，打了个招呼之后，正要继续往前走。

没想到中年人却跑过来拉着我的手臂，说："林先生一定不记得我了。"

我尴尬地说："对不起，真的想不起在什么地方见过你。"

中年人说起20年前我们会面的情景。当时我在一家报馆担任记者，跑社会新闻。有一天，到固定跑线的分局去，他们刚抓到一个小偷，这个小偷手法高明，自己偷过的次数也记不得了。据警方说法，他犯的案件可能上千件，但是这才是他第一次被提到。

有一些被偷的人家，经过几个星期才发现家中失窃，也可见小偷的手法多么细腻了。

我听完警察的叙述，不禁对那小偷生起一点儿敬意，因为在这混乱的社会，像他这么细腻专业的小偷也是很罕见的。

但是，那小偷还很年轻，长相斯文、目光锐利，他自己拍着胸脯对警察说："大丈夫敢做敢当，凡是我做的我都承认。"

　　警方拿出一沓儿失窃案的照片给他指认，有几张他一看就说："这是我做的，这正是我的风格。"

　　有一些屋子被翻得凌乱的照片，他看了一眼就说："这不是我做的，我的手法没有这么粗。"

　　20年前，我刚当记者不久，面对一个手法细腻、讲求风格的小偷，竟然百感交集。回来以后，我写了一篇特稿，忍不住感慨："像心思如此细密、手法这么灵巧、风格这样突出的小偷，又是这么斯文，这么有气魄，如果不做小偷，做任何一行都会有成就吧！"

　　从时光里跌回来，那个小偷正是我眼前的羊肉炉店老板。

　　他很诚挚地对我说："林先生写的那篇特稿打破了我的盲点，使我想，为什么除了做小偷，我没有想过做正当的事呢？我在监狱蹲了几年，出来开了羊肉炉的小店，现在已经有几家分店了。林先生，哪一天来，我请客吃羊肉呀！"

　　我们在人群熙攘的街头握手道别，连我自己都感动了起来，没想到20年前无心写的一篇报道，竟是使一个青年走向光明的所在。这使我对记者和作家的工作有了更深一层的思考，我们写的每一个字都是人格与风格的延伸，正如一个小偷偷东西的手法，也是他人格与风格的延伸，因此，每一次面对稿纸怎么能不庄严谨慎呢？

　　现在由我来为这个改邪归正的小偷写一个结局：

　　"像心思如此细密、手法这么灵巧、风格这样突出的小偷，又是这么斯文，这么有气魄，现在改行卖羊肉炉，他做的羊肉炉一定是非常好吃的！"

心灵感悟

　　有些人拥有的东西注定他会成功，但是前提是一定要找到正确的方向。我们做错事了，不是说做错了就不会再有回头的机会了，只要我们都有一套利用自己长处的办法，那么我们就会做出更多的事情来回馈社会。

请您也吻我一下好吗

雅 枫

这是女友讲给我的一个真实的故事。

那时女友还在南方一所著名的大学中文系读书，授课的老师中有一位五十出头风度翩翩的男教授。教授不仅著作等身学识渊博，而且谈吐幽默风趣，他经常走到学生们中间和他们谈古说今纵论文事，于是，就成为班里女学子们心中的偶像，许多女生甚至主动地接近他，希望得到他的提携和指点。

女友也是其中的一个。一天，她约了两位要好的女同学一块儿去教授家请教几个问题，穿过一条林荫小路，来到了教授居住的一座静谧的小院。她们在那青砖灰墙的一幢小楼前停下了脚步，女友伸出手来正欲敲门，却发现门是虚掩着的，于是她轻轻地推开，看到了令她目瞪口呆的一幕。

教授正在屋内，拥抱并吻着一个女孩子。而那个女孩子是他的学生。

看到她们的意外出现。教授的手像触电了一样，一下子猛然松开、垂落，脸色霎时变得惨白。

双方就这么站着，也许仅仅只有几秒钟的时间，却像漫长的一个世纪，空气死一样地沉寂，甚至听得见彼此猛烈的心跳和呼吸的声音。

"我当时的确很震惊，真的，你说我该怎么办？"讲到这里，女友抬起头来

问我。

"装作没看见迅速走掉？或干脆走上前去委婉地劝说？报告领导或告诉他的爱人，让他受到惩罚甚至身败名裂？这些念头在我脑海中迅速一闪而过。但又一想，教授不是这种人，他也许只是一时糊涂。"还没等我回答，女友又开始说道，语气缓慢地，像是努力回忆当时的情形："教授有一个他所深爱也深爱着他的妻子，他的妻子在同城的另一所高校任教，他们有一个活泼可爱的即将大学毕业的女儿，这是一个幸福而完美的家庭。他们的家庭和教授本人洁身自律的品质在校内一直有着良好的口碑。"

仅仅是几秒钟的犹豫和停顿后，女友坦然地走了进去，站在教授面前，一脸笑容地说道："教授，我们都是您的学生，您可不能偏心哟，您也吻我一下好吗？"

教授马上清醒过来。他轻轻地拥抱并轻吻了一下她的额头，那一刻，他看见教授眼里有湿润的东西闪亮。

另两位女同学也马上会意过来。走到教授身边提出了相同的请求，教授一一应允了她们。

"事情的经过就是这样。"女友的表情显得轻松愉快，"一晃这么多年过去了，教授依然拥有一个美好的家庭和良好的口碑，他变得更加勤奋地研究和著述，并取得了极为丰硕的成果。我毕业那年，他曾寄给我一张贺卡，上面只有一句话：我永远感激你的善良和智慧，是你拯救了我。"

"许多事情就是这样奇妙，挽救或毁灭一颗灵魂，常常就是看似那么简单的几句话。"女友最后说道。

心灵感悟

在意识模糊的情况下，我们或许会做出很多我们自己都难以接受的事情，但是重要的是在这个时候有个人可以给我们机会，提醒我们去做正确的事情。而这样的一句话或一个举动，可能会影响我们的一生。

盲 人

凝 丝

　　他生下来就是一个盲人。开始父母还抱着能治好的希望把他留了下来，可是当他们听医生说治那双眼睛起码要花5万块，而且还没有把握能治好时，父母彻底失望了，因为他们家非常贫困，5万块可不是说着玩儿的。后来，他们又生了个健康的儿子，于是在他6岁那年冬天，他们把他丢在了一个陌生的地方，后来他才知道那是一个城市的火车站。

　　那时他才6岁呀，又是冬天，虽然母亲已经把最厚的棉衣穿在了他的身上，可他还是感觉到冷。他开始哭，哇哇哇地大哭，这一哭惊动了许多人，他听到身边有好多人在说话，他听不懂他们在说什么，就一个劲儿地喊：我要妈妈！我要妈妈！可妈妈并没有来，爸爸也没有来，他终于知道爸爸妈妈嫌他是个盲人不要他了。

　　后来，有一双粗糙的大手拉起了他那双冰凉的小手，他一直拉着他走进一个温暖的地方。那个人说这是我的家，以后也就是你的家了。

那个人让他喊他叔叔，他就喊了，喊了就换来了许多好吃的东西。之后，叔叔就一点儿一点儿地让他熟悉这个家，告诉他床在哪里，火炉在哪里，柜子在哪里，吃的东西在哪里。叔叔把这些地方要迈的步数一遍又一遍地给他讲，直到他记熟。

以后的日子。叔叔就去上班，他便在家里待着。叔叔怕他寂寞还给他买来了许多的玩具，有能跑的汽车，能打的冲锋枪。虽然他看不见，可他却愿意听那汽车跑的声音和打枪的声音，他觉得那是世界上最美妙的声音。

他慢慢地长大，在叔叔的关心和照顾下除了眼睛依然看不见外，各个部位都很健康。他曾经问过叔叔他长得是什么样子。叔叔说他长得很好看，就像电视里的小帅哥儿。他没看见过电视，当然不知道电视是什么样子的，更不知道里面的小帅哥儿到底有多帅，于是，他不禁失口说："我要是能看见你该多好呀！"叔叔听了后用那双粗糙的大手抚摸着他的脸怜爱地说："你不是听医生说5万块就能治你的眼睛吗？我现在正在努力地挣，不管治好治不好，我一定要试试。"当时他躺在叔叔的怀里哭了，泪水从他那黑暗的眼里流出来，热辣辣的。叔叔就用那双粗糙的大手给他擦泪，尽管感觉有点儿痛，可他却很幸福。

终于有一天，叔叔兴奋地告诉他，他攒够了5万块钱，叔叔激动地拉着他的手到医院，然后他被推进了手术室。

7天后，当医生准备要拆他眼睛上的绷带时，叔叔突然制止了医生，说："娃，如果你看到的世界和你想象中的世界不是一个样子，或者你还是什么也看不见，你会失望吗？"他说他不会。叔叔说那他就放心了。

他紧紧地攥着叔叔那双粗糙的大手，心里极度地紧张，医生小心地一层又一层地拆着，他的心就一下比一下跳得猛。当医生终于把最后一层纱布拆掉时，他仍然害怕地闭着眼睛，但他似乎感觉到了那种除了黑暗之外的东西，他慢慢地睁开眼睛，他真的看到了，他首先看到了许多人，可那些人的脸上都挂着泪。他一侧头，不禁惊呆了，他的面前竟坐着一个眼睛深深凹下去的盲人，他顺着自己的胳膊一直往下望，他正紧紧地攥着这个盲人的那双粗糙的大手。

心灵**感悟**

　　有的时候，我们会为一个人去努力，那将有着不同的意义。对于不幸的遭遇，我们不仅要努力去改变这些遭遇所带来的令人悲哀的现实，而且我们还要通过不懈地努力去阻止别人遭遇不幸。

心安是福

　　突然间，我心里很黯然很惆怅，我为自己愚蠢地错失了仿效老妇人卸掉重负的机缘而沮丧。想想看，人生在世，最沉重的其实并不是某种外物，而是自己那颗无法安定的心啊。

生命中的两袋红枣

芷 安

事情发生在20世纪80年代初，我当乡村医生的时候。

那是一个秋日的黄昏，我刚要下班，却被一对农民夫妇堵在了门口。女人看上去很瘦弱，还有些气喘吁吁，男人很强壮但明显有些木讷。进屋后，女人从怀里掏出一个纸卷，撕去了好几层包装，最后拿出了一张X光片给我看。"麻烦你给我看一下。"女人说。我接过片子，对着夕阳看了看，片中肺部的阴影十分明显，但由于自己不是这方面的专家，还不敢妄下结论。我对那个女人说："拍片时，没给你们诊断吗？"女人点了点头，又从怀里拿出一张纸："是它吗？"我接过那张已经折得有些破碎的纸："对，就是它，这东西可不能丢呀。"那张纸虽然折得有些破旧，但字迹还是清晰的：肺部恶性肿瘤，中晚期。我又抬头看了看这个妇女："是你的片子？"她点点头。出于一个医生的责任，我说："片子我看不太明白，你先回去吧。明天让院长看看再告诉你们，另外，你有病，让你丈夫来就可以了。"那个女人听了我的话，轻轻地摇了摇头，对我说："我得的是肺癌，我知道。"她的话有些出乎我的意料，我看了一下诊断的日期，已经过去三个月了，恐怕是没有希望了。我只好无奈地对她说："咱们乡村医院治不了这种病呀！"

"我们不是来治病的。"这时，进屋一直一句话没说的那个男人开了腔。好像是怕男人说不明白，男人只说了一句，女人就又接过了话："家中两个孩子都挺小，不知怎么他们都知道了，整天跟大人一样愁眉苦脸，学习成绩都下降了。可我告诉他们我的病没啥事儿时，他们都不信，说没事儿你和爸爸为啥半夜里总哭？我看骗不了孩子，可一时半会儿又死不了，让孩子跟着着急上火心里不忍呀。"女人说到这里，泪水哗哗地流了下来，"所以我想求求你，明天我把两个孩子领来，你再给看看片子，就说没啥事，行吗？"

这个时候，我才明白这对农民夫妇的来意。看着女人泪流满面的样子，我的心里也一阵酸楚。我很郑重地点了点头。临走时，那个男人想和我用握手的方式表示告别和感谢，大概是意识到自己的手有些脏，于是，又把伸出的手又缩了回去。我急忙主动拉起他的手，对他说："别着急，吃点儿药，会好的。"

他向我笑了笑，没再言语。走到门外，又转回了身，像想起了什么似的，从衣兜里拿出一袋红枣，塞到我的手里："这是自家产的。"

未及我推辞，这对农民夫妇已经走出了医院。我手拿着那袋红枣，感觉很沉。

第二天这对夫妇带着他们的两个孩子准时来到了医院。由于事前我已经和院长打了招呼，他们来后，我们几名大夫在一起郑重其事地进行了一次特殊的会诊。我们一致认为，这个患者没有什么大病，吃点儿药，过一段时间就会好了。最后我给她开了一瓶维C、一袋钙片和一些她确实需要的止痛药。两个孩子露出了灿烂的笑容。

半年以后，在我将这件事儿几乎忘却的时候，有一天下午，那个男人来到了医院。对我说他媳妇前天已经"走了"。我忙问他："孩子是什么时候知道的？"他说："半个月前才告诉他们。"然后又补充道："多谢你啦！要不然，孩子这半年可怎么过呀。"我一听，感觉特别难过："都怪我们医术不高……"

男人是特意来向我表示感谢的。临走时，他又从肩上的布袋里拿出一大袋红枣，往我手里塞，对我说："家里没啥像样的东西，您别嫌弃……"

我手拿着那袋红枣，做不出任何拒绝的动作……

现在，我已经不在那个乡村医院很长时间了。但我时常想起那对农民夫妇，和那两袋沉甸甸的红枣，他们已经融入了我的记忆和生命中。

心灵感悟

一个小小的帮助就可以让很多人有更好的命运。在别人遇到困难的时候，我们只做很简单的事情其实就可以让他们真正地得到帮助。

林肯：我不能丢掉良心道德

雅　枫

　　1809年2月12日，亚伯拉罕·林肯出生在一个农民的家庭。小时候，家里很穷，他没机会上学，只得每天跟着父亲在西部的荒原上开垦、劳动。他自己说："我一生中，在学校的时间，加在一起总共还不到一年。"但林肯勤奋好学，一有机会就向别人请教。他放牛、砍柴、挖地时，怀里总揣着一本书，休息的时候，他一边啃着粗硬冰凉的面包，一边津津有味地看书。晚上，他在小油灯下常读书读到深夜。

　　长大后，林肯离开家乡独自一人外出谋生。他什么活儿都干，打过短工，当过水手、店员、乡村邮递员、土地测量员，还干过伐木、劈木头的重力气活儿。不管干什么，他都非常认真负责，诚实而且守信用。

　　他十几岁时当过村子里杂货店的店员。有一次，一个顾客多付了几分钱，他为了退这几分钱，跑了十几里路。还有一次，他发现少给了顾客二两茶叶，就跑了几里路把茶叶送到那人的家中。他诚实、好学、谦虚，每到一处，都受到周围人的喜爱。

1834年，25岁的林肯当选为伊利诺斯州议员，开始了他的政治生涯。1836年，他又通过考试当上了律师。

当律师以后，由于他精通法律，口才很好，因此，在当地很有声望。很多人都来找他帮着打官司。但是他为当事人辩护有一个条件，就是当事人必须是正义的一方。许多穷人没有钱付给他劳务费，但是只要他们告诉林肯："我是正义的，请你帮我讨回公道。"林肯就会免费为他们辩护。

一次，一个很有钱的人请林肯为他辩护。林肯听了那个客户的陈述，发现那个人是在诬陷好人，于是就说："很抱歉，我不能替您辩护，因为您的行为是非正义的。"

那个人说："林肯先生，我就是想请您帮我打这场不正义的官司，只要我胜诉，您要多少酬劳都可以。"

林肯严肃地说："只要使用一点点法庭辩护的技巧，您的案子就很容易胜诉，但是案子本身是不公平的。假如我接了您的案子，当我站在法官面前讲话的时候，我会对自己说：'林肯，你在撒谎。'谎话只有在丢掉良心的时候，才能大声地说出口。我不能丢掉良心，也不可能讲出谎话。所以，请您另请高明，我没有能力为您效劳。"

那个人听了，什么也没说，默默地离开了林肯的办公室。

林肯早年当过水手。1831年6月的一天，他和几位水手来到美国南方的一个城市——新奥尔良的奴隶拍卖市场上。他们看到，一排排黑人奴隶戴着脚镣手铐站在那里，一根根粗实的绳子在那里，把他们串在一起。奴隶主们像在买骡子买马一样仔细打量着奴隶，有时还走上前摸摸奴隶的胳膊，拍拍奴隶的大腿，看奴隶是不是结实，肌肉是不是发达，以此来判断将来干活有没有力气。奴隶主们用皮鞭毒打黑奴，还用烧红的铁条烙他们。这时，年轻的林肯愤怒地说："太可耻了！等我有机会，一定要把这奴隶制度彻底打垮。"

1860年，林肯51岁时在美国总统竞选中获胜，当上了美国总统。他真的废除了奴隶制，实现了这个伟大的抱负，同时他也受到美国人民的尊敬。

心灵感悟

我们做的事不一定每一件都是伟大的，但是我们做每一件事情都要对得起这个世界，对得起自己的良心。这可以让世界充满爱，让我们远离悲哀的庸俗的世界。

报 答

诗 槐

　　我的二姑爷是做生意的，前两年看上了做楼板这一行，于是，就一咬牙办了个水泥制品厂。在办水泥制品厂的日子，他的生意时好时坏。因此，他经历过天天吃馆子，两脚不沾泥的荣华，也经历过四处躲债，求爷爷告奶奶的落魄。就这样，几经折腾最后不仅一文不名，还背了一屁股的债。

　　二姑爷有钱时，胡吃海喝，酒肉朋友成群。直至穷时，那种前呼后拥的日子不再有了，二姑爷才明白，原来那不过是一群苍蝇和蛋糕的关系。繁华褪去的孤独和人情世态的悲凉远比失去金钱更让二姑爷痛心疾首。可那又怎么样呢，日子还得一步步地往前走，人还得一天天地活下去。

　　直至有一天，二姑爷在零下九度的天气里奔波找工作时，被一个人认了出来。那时二姑爷最怕碰到的就是熟人，那种或真或假的同情让二姑爷很受伤。那是个意气风发的年轻人，二姑爷仔细看了看他，想了好半天才想起自己是认得他的。但说真的已经忘得差不多了。二姑爷生意做得得意那会儿，这人和他的女朋友帮姑爷做事。后来不知怎么的，想去南方。走时二姑爷不知哪根神经动了一下，除了算给他俩工钱外，又多给了1000块钱做路费。那时这点儿钱在二姑爷眼里实在不算什么，但对于这两个出去闯世界的年轻人来说，却是及时雨。这件事日子久了，二姑爷早忘了。可就是那个青涩的年轻人，现在成了欧洲一家知名企业的代理商。见了二姑爷，看了他递上来的简历，那人什么都没说，而是请姑爷上最贵的馆子撮了一顿。二姑爷落座后，没说话，心里却早已是翻江倒海，感叹三十年河东三十年河西。心想：和他那交情也就值这顿饭了，工作的事还是别谈了，到时自己难堪，人家也为难不是？那人说，当时拿了二姑爷给的5000块钱，他和女友还心生愧疚，觉得挺对不起二姑爷的。心想将来混好了，再报答吧！可那时他自己心里都没有谱儿，凭二姑爷的本事，呼风唤雨的，他俩如何报答呀？

那人端起酒杯，舌头很硬但声音很大地说："王总，今儿碰到你，其实我挺高兴！"二姑爷没吱声，心想这是什么话。"我终于可以报答你啦！"二姑爷抿了口酒，没吱声，报恩的事只是传说里听过，还是早喝早散吧，明天还得去找工作呢！那晚，两个人都喝高了。

第二天，二姑爷酒醒后愣了一会神儿，就又夹着包儿出去奔波了。晚上回家时，姑姑给他看了一样东西，欧洲那家公司的苏北总代理的聘书。

二姑爷有些不相信自己的眼睛，想当初自己只是心思那么一动，谁又曾想到今天的因果呢？倒是那些处心积虑的人情投资，一个个全打了水漂儿。姑娘倒是很兴奋："给那些势利小人看看！"

姑爷瞪了她一眼，感叹道："花开花落不由人，却由心哪！"从那天起，姑爷又开始顺风顺水了，但是这回姑爷知道该做什么，不该做什么啦。

心灵感悟

不经意间做过的好事，在不经意间得到了回报，或许这要等上很久的一段时间，但这毕竟是心灵的交往所带给我们的馈赠。在生活中交的朋友最重要的是要真心真意，而酒肉朋友是我们应该敬而远之的。

雾中向导

向 晴

那年，我在伦敦爱丁堡的一所学院读书。

一天早上，蔽天大雾笼罩了整个雾都，使人们看不清周围的一切景物。在这种鬼天气里，公交车和出租车是不允许上路载客的。可是，我必须10点钟赶到学院去听一堂非常重要的讲座，所以，我决定步行到学院。我尽可能地寻找着路上的标记。但是，除了一片白茫茫之外，我什么也看不清。

我站在街边正茫然，全然不知有一个人正悄悄走到了我的身边。"小姐，请问您要到哪里去？如果您愿意，我可以做您的向导。"

我转过头去，看到一个年轻的英国小伙子，头上戴着一顶深蓝色的帽子，帽檐儿拉得很低，和我对话时，他微低着头，一副恭恭敬敬的样子。

我非常吃惊，怀疑地问他："这么大的雾，你能找得到方向和出路吗？""没问题！"小伙子口气十分肯定，"请您相信我。"

当时，我不知怎么就相信了这个与我素不相识的人，并悄声地告诉他我要去的地方。迷雾中，年轻人紧紧地抓住我的手，我几乎被他拉得一溜小跑，无论是穿过马路还是拐过街角，他都没有与我说过一句话，但是他急匆匆的脚步却没有停下过。

一瞬间，我真有些后悔，有些后怕，这个人会不会是个变态狂，或是一个精神病患者，我也许会被他杀死？想到这儿，我不禁开始呼吸困难，心跳加快……

突然间，他松开我的手。我于惊恐中抓住了身后的一个铁栏杆，怯怯地问他："你想干什么？"小伙子仍微低着头，气喘吁吁地说："您难道还要我把您送进去吗？"

我猛地意识到，我的手抓住的就是学院的大门啊。我惊诧地问："您对这个地方怎么这么熟悉？为什么您能在大雾中这么快就找到这里？"他轻声地说，这儿是我过去的学校。他摘下帽子，轻轻地对我说："因为我是一个盲人。当年，这条路我天天走，对我来说雾天和晴天是没有区别的。"

后来，我再也没能见到他，而且至今不知他叫什么名字。

若干年后，我经常会遇到种种"大雾天"，而能让我一次次从"大雾天"走出来的向导，竟是多年前的那个英国小伙子。引导我前行的，也正是他当初传递给我的那种精神。

有些人，有些事情我们一辈子都难以忘怀，那是因为在我们生命中最需要帮助的时候，那些人做了那些能够帮助我们的事。于是，这些人，这些事就永久刻在了我们的心里，让我们永远地难以忘怀。我们要的不仅是这种做法更是这种精神。

韩国老板娘的"生日"

雪 翠

北大西门外有一溜儿馆子。其中的回香阁处在西门外的一个僻静的巷子里，是一对韩国夫妇开的，据说那位韩国丈夫的韩式菜做得非常地道，那位韩国太太又异常美丽，所以店虽不大，但价格却是不菲的。平常在回香阁进出的都是留学生或者北大的教授，普通学生是轻易不敢进去的。

可偶尔也有头脑发昏的学生，比如，我。

斗胆进回香阁是为了小慕，小慕是外文系的系花，也是我暗恋了四年的女孩儿。外文系的女孩儿都冰雪聪明，一顿没有理由的奢华的晚餐，或许足够暗示一个学兄的心思——这也就够了，我本不要开花结果的。

回香阁果然是不同的，小而且安静，餐巾是雪白的，碗、碟、杯都呈现出一种通透明亮的洁净。站在前台的女子，想必就是传说中的老板娘。她穿着紫色的韩式长裙，长裙上有隐约的褐色小花，襟间是大大的蝴蝶结，绛红色的，衬着她素白的脸，有种惊心动魄的美。

但，更让我惊心动魄的是女招待拿过来的菜单，只是匆匆一瞥，我的手就忍不住抖了起来，天哪！所有的菜价都在30元以上，虽说是有备而来，可这价目也太高了，远远超出了一个学生的承受能力。袋子里的钱不到200块，是我下半个月的伙食费，之所以都带来，并非要倾囊款待小慕，只是想预备宽点儿，以免在小慕眼皮底下失了面子。可面子和银子相关，这是身为男人的我的无奈。此时菜单就在我手上，我低头仔细地看——心思却全不在花团锦簇的菜名上，我匆忙计算的只是价格。店里有冷气，可我依然满面通红，汗一个劲儿地往下流。小慕一脸端庄地坐着，

但我不用抬头也知道，她流转的眼波一定斜斜地扫过了临窗的那张桌子。那儿有一对恋人，看样子是留学生，满桌的盘盘盏盏，山清水秀，那排场，在进来的时候，我也看见了的。点什么呢？胡乱地点了几个菜——反正都没吃过，有什么区别呢？至于酒，是小慕的主意，喝干红吧，小慕说，干红美容。小慕说了什么，我全听不清，只一心一意地在后悔，后悔进了回香阁，也后悔没有多借些钱来。

老板娘就是这个时候过来的，带着韩国女子特有的温婉的笑容。她的汉语讲得不是很好，但是加上手势，我和小慕还是明白了她的意思：因为干红是很厉害的，学生不能喝太多，两杯就够了；还有菜，也不用那么浪费，来两份小牛排就好了。他们店里的牛排可是很有名的，并且今天是她的生日，每个顾客都能得到一份免费赠送的小菜。最后老板娘微微地侧倾着头，笑吟吟地问我们："这样可以吗？"

何止可以，我简直是欢天喜地，真是行到山穷处，却见百花媚。我和小慕的话题聊得很远，从校园初识到临别的心情。我偶尔也会抬头看看前台，总能碰上老板娘温柔的笑容。多么美丽啊！这个韩国的女人。

买单的时候，小慕去门外等我，老板娘找零，看着玻璃门外小慕的背影赞叹道："你恋人好漂亮啊！"突然又调皮地拍拍自己的脸对着我说："男人的脸皮，很薄的，在恋人面前伤不起。"留在老板娘唇边的笑意是意味深长的、知己般的，仿佛我刚刚和她一起密谋了一件彼此心照不宣的事情。

一时，我如醍醐灌顶，恍然大悟，之所以不让我们要一瓶干红，并非它真

能醉倒我们；之所以不让我们点好几个菜，并非真的很奢侈（那些留学生不是点了一桌菜吗？），只是因为老板娘看出了我的窘境，看出了我的惊慌和为难，所以才前来帮我解围，所以才有了老板娘的"生日"！做酒店生意的，每日阅客无数，看人或许都是火眼金睛。

本该遭受难堪的场合，我却逃过了难堪，而拯救我逃过此劫的却是一个素不相识的韩国女人。

心灵感悟

有的时候我们帮助的也许并不是我们所熟悉的人，但是当我们帮助陌生人的时候我们的心里也会有许多的安心与快乐。爱无处不在，帮助也是无处不在的。

一个红苹果

冷 柏

1995年10月13日。演习的第九天。

腾格里沙漠的白天仍然烈日如火，电话车里如蒸笼一般又热又闷。手臂在机台上印下的汗迹湿了又干，干了又湿。一排排的红色指示灯此起彼伏地闪烁着，那是一道道命令急切的呼唤。"您好，39号。"——我双手飞快如梭，声音清晰自然。然而，我每接转一个电话，每说一句话，喉咙里就好像有无数根针在扎，生疼生疼的。我不得不时不时地舔一下嘴唇，咽下一口唾沫。

我们已经断水两天了。

在演习地域实施封锁的前夜，连队紧急给我们台站运来了供给：每人12天的压缩饼干、罐头、咸菜和水。那时我们三个女兵脑子里只有对演习的好奇，期待演习的刺激，哪曾有节水的意识啊。稀里哗啦地早把水用完了，给连长打电话请求送水来。连长火了，说："你们以为是玩儿呀？这是在演习！演习就是打仗！凉水是定人定量的你们知道吗？"并严令我们必须无条件地保证通信畅通，保证演习的圆满完成，否则按战时纪律从重严惩。

这下可惨了，没有水的日子怎么过呢？

站长提议去两公里外的接力台站要点儿水，我们没有同意。因为这是违反演习纪律的，如果被发现那可不是一般的处理。站长想了想，吩咐我俩值班，她拿了小铁锹找了一个低洼的地方，挖呀挖，挖了两米多深，沙虽然是潮湿的，但是始终不见水渗出来。站长拿毛巾铺在潮湿的沙上，企图通过毛巾来吸水，可是放了一晚上，毛巾是湿了，却拧不出一滴水。那一刻站长绝望而伤心地哭了。她一哭，我俩再也忍不住了，三人抱作一团痛哭，那几天，我们啃着压缩饼干嚼着咸菜，啃着，嚼着，眼泪吧嗒吧嗒地往下流着。

不过这方法还是帮了我们的大忙。我们用湿毛巾擦脸，敷在干裂的唇上，感觉非常凉爽。正是那丝丝如蜜的凉爽给了我们对水的亲切认识，给了我们苦中的快乐和坚持下来的意志。

黄昏，炮声稍事停息，远处低低的天边飘着几朵云彩，夕阳躲在云彩里，好像怕羞的少女，姗姗地、渐渐地隐去。突然，从沙丘后面冒出一个人来，吓了我一跳。他好似从泥土里钻出来的，头上脸上身上都是泥，只有那双眼睛在眨巴着。肯定是有线兵在查线路，我想。他走近，取下挎包打开，用泥糊糊的手托着挎包底部举到车窗口。我惊呆了！我看见挎包里有一个苹果——一个红红的苹果！他微笑地看着我，那眼神充满了友善和真诚。我拿起苹果，嘴唇动了动却不知道该说什么。激动的泪水决堤般地涌了出来。

他挥挥手走了，我这才想起问他的名字，然而他已经走远了。

我虔诚地捧起红苹果闻了闻，一丝甜甜的清香沁人肺腑。我一直珍藏着它，直到宣布演习结束的那一刻，我才拿出它，切成三块，我们三个女兵哭着笑着叫喊着，轻轻地慢慢地一小口一小口地咽下去。那份壮烈，那份幸福真是无言表达，只有泪水在流淌。我决意要找到那个男孩儿，然而，直到12月份老兵退伍了也没有找到。

多年来，我永远忘不了腾格里沙漠深处的那个黄昏，那个红红的苹果，还有那个"泥人"的男孩。你在哪里？你现在好吗？至今我不认识你，但我感激你，感激你给了我无私的战友之爱。

心灵感悟

生活中，一个人献出的爱不一定要多大，但却要真诚，因为一份真诚的爱的力量是无穷大的。真诚的爱会让我们深切地感知世界的美好，会让我们彼此的距离更近。

一元钱的故事

凝 丝

一天，我参加了一家电视台的一个游戏。游戏的内容是我身上没带一分钱，但我得去乘一辆公共汽车，车票的价格是一元钱，我要想办法"借"到这一元钱。游戏的方式是由我在前面借钱，电视台的摄像机在后面跟踪偷拍，实录下我在这个游戏中可能遭遇的种种场景。

我到了公共汽车站，犹豫了好久，才鼓起勇气对一位大伯说："大伯，我的钱包被人偷走了，能借我一元钱坐公共汽车吗？"大伯头也不抬地说："你们这种人我见得多了，现在到我这儿来讨一元钱，转个身又到别人那儿讨一元，一个月下来，你们的收入比我的工资还要高呢。可恶！"

大伯显然将我当成了职业乞丐，我一下子张口结舌，什么话也说不出来，于是，第一个回合就这样败下阵来。我深吸了口气，准备第二次冲锋。

这次，我看准了一个慈祥的大妈。我红着脸上去搭讪："大妈，我的钱包被人偷了，我现在身上一分钱也没有了，您能不能借我一元钱让我坐车回家？"

大妈仔细看了我一眼说："年轻人，我看你表面还像个知识分子，你应该去做一些体面干净的事情，年轻人要学好，你的路还长着呢，别一天到晚尽动歪脑筋。我现在可以给你一元钱，但我怕你以后明白了事理，要找后悔药吃时，你就会骂我，因为就是像我这样心慈手软的人，才一步步纵容了你的堕落。"

听着大妈的教诲，我找不着可以回答的话语，我想也许这不能怪大妈，她一定经历了太多次这样的遭遇了。不过大妈的话倒提醒了我，她说我像个知识分子，所以，我能说自己是个大学生，也许更能博得同情。

一位打扮时髦的小姐走了过来，我迎上去："小姐，我是个大学生，今天出门时忘了带钱包，你能借我一元钱让我乘车回学校吗？"小姐像受了惊吓似的，猛地后退几步，满脸疑惑地盯着我。她可能将我当成一个骚扰女孩儿的无赖，她像过雷区似的，在我身边画了个半圆，然后迅速地跑到了车站的另一头。

三个回合都以失败告终，我有些心灰意冷。我回头看时，电视台的摄像师却一个劲儿地向我伸出大拇指，那是我们事先约定的暗号，意思是我得继续干下去。显然，我的失败正在他们的意料之中，这样的尴尬场面对于旁观者来说，说不定正像一道精美的大餐呢！

一位小朋友走近公交车站，我想这是我最后的试验了。这次我不想说钱包、大学生之类的谎言了，就径直走过去，很客气地说："小朋友，能借我一元钱乘公交车吗？"小朋友马上从口袋里掏出一元钱递了过来。这下轮到我惊讶了，没想到小朋友竟然什么都没问，就把钱给了我。

呆了好久，我才问小朋友："你为什么要帮助我呢？"小朋友顺口就说："因为你没钱乘车呀。老师说过，帮助是不需要理由的。"

霎时，一股暖流从我心里流过。

在节目结束的时候，主持人补充采访了我一个镜头，问参加这样一个游戏对我的人生观有什么影响。我的回答是：今后，我会在口袋里多放一元钱，以便继续传递不需要理由的帮助。

现实让我们对生活中的一些事产生了怀疑。在该伸手援助的时候，我们都不如一个孩子，帮助别人其实不需要任何理由，就看我们的思想有没有到达那个境界。

心安是福

雪 翠

　　在北戴河海滨，有行走的小贩起劲儿地兜售贝壳。那是刚刚从大海里打捞出来的各种漂亮的彩贝，用塑料袋装着，一袋里面有20多枚。小贩跟定了我，不停地说："买一袋吧！才30块钱，比零买合算多了！"我禁不住诱惑，俯下身，认真地挑选起来。50块钱，我买了两袋，觉得占了很大的便宜。

　　但是，不久我就懊悔了。因为，那可心的"宝贝"渐渐成了压手的累赘。一手一袋，越走越重，累得我连伞都撑不动了。同行的朋友同样手提两袋贝壳，苦笑着对我说："嗨，你还要不要？你要是要，我把这两袋都给你。"

　　在老虎石附近，我看到一个和我们一样手提贝壳的老妇人，她一定也和我们一样为那压手的"宝贝"所累。只见她蹲下来，双手在沙地上挖了个坑，然后就将那几袋贝壳放进了坑里。我和朋友会意地笑起来。朋友忍不住逗她："阿姨，您当着这么多人的面埋藏宝物，不怕被别人偷走吗？"老妇人一边往坑里填土一边快活地说："待会儿我走了你就来偷吧！"

　　离开了老妇人，朋友对我说："要不，咱也先把这东西埋上，等回来的时候再刨出来。你看咋样？"我坚决不同意，说："跟那个坑比起来，我更愿意相信

自己的手。"

接下来，我们租垫子戏水，又打水滑梯。玩这些游戏的时候，我们轮流看护着那几袋沉甸甸的"宝贝"。说实在的，获得宝贝的喜悦渐渐被守卫宝贝的辛苦消磨殆尽了。

太阳偏西了，我们疲惫不堪地往集合地点走。路过老虎石的时候，我们不约而同地靠近了老妇人埋宝的地方。朋友笑着说："有三种可能：东西被老妇人拿走了；东西被别人拿走了；东西还在。"我环顾了一下四周，确信没人注意自己，将手里的长柄伞猛地往下一戳，"嚓"的一声，是金属碰到贝壳的声音。"还在！"我和朋友异口同声地喊出声来！

突然间，我心里很黯然很惆怅，我在为自己愚蠢地错失了仿效老妇人卸掉重负的机缘而沮丧。想想看，人在世上漫长的旅程中，最沉重的其实并不是某种外物，而是自己那颗无法安定的心啊。一个巢，心安下来就是家，一个穴，心安下来就是福。像那个老妇人，天真地挖了一个坑，然后心安地把一份天真寄存在里面。这一日，她一定玩得比我们好，她轻松地行走，轻松地戏水。待到她归来刨出她的彩贝，她就可以微笑着为自己的心安加冕；而我呢，我在不心安地奔波劳顿之后，又为自己选择了不心安而难以安心。我的累，源于手，更源于心啊！

心灵感悟

心理负担的重量其实是一个人最难以承受的，因为它所展现出来的并不是表面的那种质量上的负担，而是一个灵魂上的承重。我们的双手可以承担很多，但是我们永远也承担不住那份从心里展现出来的不安。

一袋"粮债"

冷 薇

有一天，奶奶扛回家一袋粮食——足足15千克重的一袋白面，是捡来的。我们全家都吃惊地望着那袋粮食，不是欢喜，而是惶恐。在粮食困难的时期，这真是天上掉馅饼？！

奶奶说，也许是从别人自行车上掉下来的，也许是从毛驴车上掉下来的，也许是大卡车……奶奶伸出冻红的手，说她守着这袋粮食，在路边等了两个小时。

我们心情复杂地望着这袋粮食，谁也不知道该怎么办。

奶奶说："要不，咱就跟这个人买点儿粮食，只买一碗，只一碗！"

我们都不明其意。奶奶拿起碗，从口袋里舀出一碗面，又将口袋扎紧，然后拿出10元，将粮食又扛了出去。全家人如释重负。奶奶拿着钱，背着粮食，又到路边去等候了。直到傍晚，夜幕降临，没有人认领那袋粮食。奶奶只得又将口袋背了回来。

第二天，我们又从口袋里"买"了一碗粮食，奶奶又拿出10元……整整三个月，我们全家怀着惶恐不安的心情，将一口袋粮食"买"光了。小柜上放着100多元不知该给谁的钱。在那个冬天，奶奶的心情一直不安，像做了天大的错事似

的。空空的粮袋，成了她最大的心病。她甚至神经质地一手攥着钱，一手拿着空粮袋子，三番五次地站在路边，等候那个丢粮的人。

岁月如梭，奶奶的不安，似乎一直都没有化解。后来，奶奶总要拿出家里的东西送给邻居。甚至无故地塞给小孩子们钱，让他们买糖果。

有一天，奶奶将父亲给她的工资一分不剩地全丢了。奶奶回来不是丧气，而是有些兴高采烈。她不断唠叨着："这就对了，这就对了，就算是还上了。"原来，她还是想着那袋粮食。

奶奶因那一袋粮食，做了许多善事，做了很多帮助别人的事。她常常帮得生硬过火，令人不解。但奶奶在做了这些善举后，眉眼渐渐地舒展了，笑容也渐渐地多了。她经常开心地说："到底还上了那袋粮食，一定是还上了。你们说呢？"

奶奶在还清了"债务"之后，每晚都睡得特别踏实，夜夜香甜。

心灵感悟

无论从什么角度来讲，我们所需要的都是一份安心。当我们做了不安心的事的时候，总希望可以找机会来补偿，当我们找到了这样的机会，我们的心也就可以放得安安稳稳的了。

清洁天使

芷 安

　　不久前，我到一个城市去拜访一位老朋友。中午，他开车把我带到很远的一家餐馆去吃饭。这家餐馆并不豪华，也没有什么特色。朋友领着我径直地走到临街的一张桌前坐下。他点菜的时候，我就透过宽大的玻璃窗观望这座新兴城市的街景。

　　这里大概是市中心，高楼林立、车水马龙，四处都涌动着一股被现代文明焦灼的气息，和我到过的每一座城市的市中心一样。但这座城市却出奇地干净，街道规划井然有序，街面十分清洁。我不禁暗暗称奇。

　　扎啤端上来了，朋友沉静的话语连同清凉的啤酒一起涌进我的心里。"我给你讲个故事吧。"我点点头，因为我最喜欢听人讲故事了。这时，我看到撑着一把绿色的太阳伞的女人静静地坐在街边上。故事开始了，我从那里收回了目光。

　　"两年前的这个时候，我极偶然地走进这家餐馆，也是坐在这个位子。那天我的心情糟糕透了，只想一醉方休。

　　"我一边漫不经心地看看街景，一边一杯接一杯地喝着啤酒。这时，我看到

一对母女走了过来。年轻的妈妈虽然不美丽，但她娴雅的气质和幸福的微笑却吸引了我——这就是一个母亲的美吧！还有她的小女儿，大约三四岁，穿着一套白纱裙，头上扎着两个蝴蝶结，打扮得跟天使一般。她一只手里拿着一支冰淇淋，一只手被妈妈牵着，一蹦一跳地。我真羡慕她们的快乐。

"忽然，她们停了下来。原来是女孩儿把吃完的冰淇淋的包装纸扔在了地上，年轻的妈妈指着包装纸，跟女儿和气地讲了些什么以后，小女孩儿把包装纸捡了起来。随后，她们开始四处张望，我知道她们是在寻找垃圾箱——你别看现在的垃圾箱这么多，隔几步就有一个，但那时候很少很少。

"这时，小女孩儿指着马路的对面，她发现那儿有个垃圾箱。我想，其实年轻的妈妈早就看到了，但她想能在这边找到，不想让女儿过马路，可是这边没有。我看到她犹豫了一下，然后指着马路对面，让女儿把包装纸扔到那个垃圾箱里去。

"小女孩儿拿着包装纸，活蹦乱跳地穿过马路。忽然，一辆小轿车像幽灵一样疾驰过来，随着一阵急促的刹车声，我的心一下子提到了嗓子眼儿。女孩儿飞了起来，然后就倒在一片血泊里……"

朋友的眼里盈满了泪水，"有谁能想到，女孩儿横穿马路，仅仅是想往垃圾箱里扔一张废纸！"

"那——"我用纸巾拭拭眼角，"女孩儿的妈妈一定很痛苦了。"

朋友的手往窗外一指，"她在那儿——"我揉揉眼睛，顺着朋友手指的方向，又看到了那把太阳伞，那个女人还是保持着原来的姿势一动不动地坐着，痴痴地望着街心。我们坐的位子只能看到她的背影，看不到她的脸。

朋友继续说："女儿死后，她疯了，就在这里捡废纸、捡树叶，然后扔到垃圾箱里去。后来人们都知道了，都不再乱扔垃圾，还帮她捡拾。她捡不到东西了，就坐在那儿。我们这座城市里的人都认识她，市长为她特别安置了椅子和遮阳伞，每天都有人自发地组织起来，照顾她的生活；这里的每一处垃圾箱上都镶嵌了小女孩的照片。这让我们几乎都不忍心往里面放垃圾。我们都很感激她和她的女儿，是她们使我们这座城市干净起来了。"

我默不作声。

朋友说："我们都把她当做天使，她飞翔在这座城市的上空，飞翔在每一个人的心里！"

用生命换来的清洁环境，唤醒了人们的环保意识，有理由像珍惜生命一样珍惜。

超越亲情的爱

常常有人用"后妈"来形容对孩子态度恶劣的女人，其实，有很多善良的妇女对待养子和亲子是一样的。

一件制服

语 梅

李老师是五年级一班的新任班主任。他一上任便听说了他的班上有一位非同寻常的学生叫董成义。

这个孩子最大的"特色"是不讲卫生。

从开学那天就穿的制服，他从不曾换洗，领子上积了的一层污垢，活像一条臭水沟，那阵阵汗渍味儿简直能熏倒所有人。

李老师不得不出面干涉："董成义，为了大家的健康，你明天必须换穿一件干净的制服。否则罚你站着听课，直到你改过为止。"

没想到，董成义竟然心甘情愿站着听课一星期。

下周一上课时，制服总算洗过了，但仍旧没有换新的。

李老师想莫非这孩子家里穷，经济拮据得买不起另一件替换制服？

他决定弄个明白。

选了一个假日午后，李老师去董家进行了一次家访。

董成义家里只有爸爸和姐姐。

李老师看到董成义家的条件，虽然不是什么有钱人，但也不至于买不起一件制服。

李老师向董成义的父亲问道："董成义在学校功课还不错，就是一件制服穿了一两个礼拜才换洗，实在不符合卫生标准。我今天就是特地针对这件事情来与你们做个了解和沟通的。"

董父显然对老师的来意未卜先知，他叹了口长气："唉，我都知道，但怎么说都没有用啊。给他买了多少件新制服他都不穿。这孩子身上的这件制服是他妈妈在世时给他买的，上面的学号是孩子的妈妈一针一针绣上去的，他妈妈过世后，这孩子就不肯换他的制服了……"

李老师这才明白，这少年没有问题，他只不过是在母亲帮他绣的最后一件制服的线条里，深深地回忆着妈妈的味道。

周一，李老师把董成义叫到办公室，说："既然你不愿意换穿别的制服，至少两三天就该洗一洗，夜里晾着，天亮就干了。"

"老师，这样衣服会很快就坏掉，您不知道吗？"

任凭老师怎么劝说，他还是一直守护着他的妈妈遗留在制服上的一针一线。

孩子对母亲的思念是无尽的，母亲永远是孩子心中最不愿舍弃、最依恋的人。

母爱的伟大使得孩子的心灵始终都活在其光环下，试问我们每个人有谁会忘记母亲对自己所做的一切呢？那是不可能忘记的，因为两个字——伟大！

学　费

向　晴

一个夏日炎热的早晨，许军一家正在吃饭。

老村长手里挥着一封信，喜气洋洋地冲进了家门。

老村长激动得都说不出话来——许军考上了市里最好的高中，这在他们大山里还是第一个。很快，他们破旧的小屋里便充满了从未有过的欢笑。

但是，这种气氛很快就消失得无影无踪了。要交820元的学费——只有两个月的时间，这对家境贫寒的徐家而言，简直是难以支付的一笔学费啊！

空气在瞬间凝滞了。父亲蹲在门槛上，抽着旱烟。母亲向老村长不停地唠叨："我怎么办哪，哪来的钱哪？"

许军一见便知道：完了。希望，来得太快也去得太快。

很久很久，父亲终于挺起了佝偻的腰身。他叹口气轻声说："军仔，好歹还有两个月，到时凑齐了钱咱就读，凑不齐，就……"两个月，对许军来说就是一生的门槛。

许家开始为820元钱奔忙起来——父亲每天上山砍柴卖，还要种地，他的背更驼了；母亲精心地饲养家禽，还没日没夜地编织竹筐、竹篮之类的东西卖，她的眼睛总是红红的；弟弟则每天顶着烈日走家串户收废品；许军在每天上午跟父亲去砍柴，中午、下午卖冰棍儿，回家后帮弟弟整理、清洗废品。

开学的日子近了。

虽然想尽了一切办法，仍差二百多元。车费、生活费还没包括进去呢！

看来，不管如何拼命，许军也是无法上学的了！他哭了，是伤心彻骨地痛哭。

在开学的前一天晚上，许军已无法抑制自己绝望的情绪，他几乎要把录取通知书撕个粉碎。

恍惚中，似听见外面的门响，是老村长来了。他郑重地把许军叫到跟前，从怀里掏出个大红包：里面是一沓儿钱，大票小票整整800元钱！他说这是乡亲们凑的，大家的心意。

许军像重生一样，向老村长跪了下来。

第二天，许军背起行装走出了村口。在他身后站立着很多很多的人。他们无声地目送着他。

许军转身向他们深深地鞠了一躬。树高千尺忘不了根——勤劳善良的父老乡亲！父老乡亲永远是最亲切、最善良的，正因为有了他们，家乡才会在心中显得那么美好。

心灵感悟

求学是很多人的愿望，但是学习上的花销会成为很多穷人的障碍。不过，我们有的是大家的爱，是乡亲邻里之间的关怀，这些关怀往往是巨大的，是令人终身难忘的。

超越亲情的爱

佚 名

　　小刚7岁的时候母亲就去世了，10岁时另一个女人走进了他家的门，成了他的后妈。

　　乡亲们说："后娘的心是六月的太阳——毒透了。"他们的眼睛似乎告诉小刚，更悲惨的生活还在后面，其实，即使乡亲们不说，他也明白，因为书籍和电影中关于"继母"的故事已经太多太多了。在母亲走进家门的一刹那，小刚就把敌意的目光送给了她。

　　小刚的父亲在乡村小学做代课老师，日子过得紧紧巴巴的。母亲来了以后又种了两亩地，生活渐渐好转，但依然会为吃穿的事儿发愁。一间茅草屋，两张破床，家里最值钱的恐怕就是那张传了几代的大方桌。每天，他们一家人就围在上面吃饭。青菜饭、萝卜饭是那时常见的又有点奢侈的饭。在吃饭时，父亲通常会问小刚些学习上的事情，而母亲的话不多，她坐在一张高高的大凳上，手中的碗也举得高高的，吃得有滋有味。

　　小刚被安排在一个矮凳上，刚好够着大方桌。他常常拨弄着碗中的饭粒而难以下咽，心中无比地委屈："要是妈妈在世，那大高凳可是属于我的。可现在……更气恼的是，我连她吃的什么都看不见！"

小刚终于寻找到了一个机会，一个让母亲知道他也不是好欺负的机会——他找到了一把旧的小钢锯。趁母亲下地劳动的时候，他搬来那张原本属于他的高凳，选择一条腿，从内侧往外锯，直锯到剩下一层表皮。从外面看凳子完好无损。但小刚知道，稍微有些重量的人坐上去准会摔跟头。

那天中午，母亲烧的是青菜饭，先端上的是小刚和他父亲的饭碗。小刚坐在自己的位置上，埋头吃饭，心里有些忐忑不安，却又希望发生些什么。母亲端着她的大碗，坐在大高凳上，手中的碗照样举得高高的，依然吃得有滋有味。小刚的计划落空了，她并没有从高凳上摔下来。

小刚一边回答父亲的提问，一边偷偷把脚伸到母亲的高凳旁，希望把那条断腿给弄下来，偏偏够不着，未能如愿。聪明的小刚故意把筷子掉到地上，趁拾筷子之际，脚用力一蹬，咔嚓一下，全神吃饭的母亲根本不会想到凳腿会断，哎哟一声被重重地摔在地上。碗没碎，母亲摔下来的时候尽力保护着它，但碗里的青菜洒满一地，母亲的衣服、脖子里都沾上了——母亲的碗里全是青黄的菜，仅是菜叶上沾些米粒！平时被小刚认为是难以下咽的米粒，在那一时刻，在青菜叶上，却显得那么的生动，又是那么的珍贵！

小刚终于明白，母亲坐得那么高，碗端得那么高，是害怕他看见她碗里枯黄的青菜，她把大米饭留给了他和他父亲！

也就在那天，就在母亲从地上爬起来的时候，就在父亲举起手来准备打小刚屁股的时候，他无比羞愧地扑进了母亲怀里，喊出了他的第一声、发自内心最深处的呼唤：“妈妈……”

有时，爱是可以超越亲情和血缘关系的。常常有人用“后妈”来形容对孩子态度恶劣的女人，其实，有很多善良的妇女对待养子和亲子是一样的。

心灵感悟

有些事情不是像我们想象的那样，我们往往会由于心里的一些歪曲的思想而误会好人，而忽略一种超越亲情的爱。

安慰幼小的心灵

千　萍

比尔10岁那年，他的妈妈死了；接着，他的爸爸也死了。他们留下了7个孤儿——5个男孩儿两个女孩儿。

一个穷亲戚收留了比尔，其他的几个则进了孤儿院。

比尔靠卖报养活自己。

那年月，报童有菜园里的蚂蚁那么多，瘦小个子的便不容易争到地盘。比尔常常是拳头挨够，苦头吃尽。

从炎热的夏日，到冰封的隆冬，比尔在人行道上叫卖，比卖出去的报纸多得多的是世态的炎凉。比尔小小年纪，已学会愤世嫉俗。

一个暮春的下午，一辆电车拐过街角停下，比尔迎上去透过车窗卖了几份报。车正在启动的时候，一个胖男子站在车尾踏板上说："卖报的，两份！"

比尔迎上前去，丢上两份报。

车开动了，那个胖男子举起一角硬币只管哄笑。比尔追着说："先生，给钱。"

"你跳上踏板，我给你一毛。"

他哈哈笑着，把那个硬币在两个掌心里倒换着。车子越来越快。

比尔把一袋报纸从腋下转到肩上，纵身一跃想跨上踏板，结果却一滑，仰天摔倒。正在他爬起的时候，后边一辆马车吱地一声擦着他停下。

车上一个拿着一束玫瑰花的妇人，眼里噙着泪花，冲着电车骂粗话："这该死的灭绝人性的东西，宰了他！"

然后又俯身对比尔说："孩子，我都看见了。你在这儿等着，我就回来。"随即对马车夫说："马克，追上去，宰了他！"

比尔爬起来，擦干眼泪，认出拿玫瑰的妇人就是电影海报上画着的大明星梅欧文小姐。

10分钟后，马车转回来了，女明星招呼比尔上了车，对马车夫说："马克，给他讲讲你都干了些什么。"

"我一把揪了那家伙，"马克咬牙说，"左右开弓把他两眼揍了个乌青，又往他太阳穴上补了一拳。报钱也追回来了。"

说着，把一枚硬币放在比尔的手中。

"孩子，你听我说，"梅欧文对比尔说，"你不要碰到这种坏蛋就把人都看坏了。世上坏蛋是不少，但大多数都是好人——像你，像我，我们都是好人，是不是？"

好多年后，比尔又一次品味马克痛快的描述时，猛然怀疑起来：只那么一会儿，来得及追着那家伙，还痛痛快快地揍一顿吗？

不错，马车甚至连电车的影子也没追着，它在前面街角拐个弯，掉过头，便又径直向孩子赶来，向一颗受

了伤充满恨的心赶来。

　　而马克那想象丰富的虚伪描述，倒也真不失为一剂安慰幼小心灵的良药，让小比尔觉得人间还有正义，还有爱。在一些特殊的情景中，用善良的行动去抚慰一颗受伤的心灵，是非常必要的。即使耍一些小花招，这种行为也是高尚和值得肯定的。

　　世界需要善良，孩子需要善良，我们也需要善良。当我们帮助别人的时候，我们奉献出的是一份发自内心的善良。我们在做任何事情时，其实都不该离开善良。

故乡的天空

向 晴

　　张子建的家乡风景很美，在他的记忆中，家乡的天空永远都是那么湛蓝，白云朵朵，空气清新。因此，每当他想起家乡都会感到心情舒畅。

　　张子建的童年很苦，他很小的时候母亲就去世了，爸爸在外打工，许多年都没有回来过，只是偶尔往家寄点儿钱。小小的张子建和弟弟相依为命，他只能过早地肩负起生活的重担，不光要做家务，还要打工挣钱。

　　张子建和6岁的弟弟常常吃不饱饭，村里人可怜这两个小家伙，就每家轮流送饭给他们吃。张子建不愿意平白无故地接受乡亲们的施舍，就常常和弟弟外出要饭，以填饱饥饿的肚子。乡亲们知道以后，狠狠地训斥了两个小家伙，一位大伯对张子建说："我们就是你的亲人，有我们吃的就有你们吃的，不许再外出要饭，那是给乡亲们丢脸。"张子建对乡亲们的恩情感激不尽，铭记在心，他发誓长大以后一定要学习本领，报答村里人对他们的爱护。

　　渐渐地张子建越来越懂事了，他自己要读中学，而弟弟也已经上了小学，为了不给乡亲们造成太大的负担，他就利用假期出外打工，赚些钱来补贴家用，就这样张子建读完了高中。由于要供养弟弟继续学习，张子建没有选择考大学，而是选择了出去打工，他跟着村子里的老乡来到了一处工地，凭力气吃饭，赚上一点儿微薄的工钱。

一年一年就这样过去了，张子建在打工中非常细心，学会了很多技术，后来他当上了包工头，把乡里的青壮年都带了出来，给村子里解决了很多就业问题。由于人品好、信誉好，经过不懈的努力，张子建创立了自己的公司，他的第一件事就是向家乡投资，为村里修了一条宽阔的道路，他说："要想富，先修路，乡亲们帮助过我，现在我要让乡亲们都富起来，让大家都过上好日子。"

他还把钱捐给村里的老人们，有些没有儿女的老人生活困难，他就把他们接到一起，给他们建了一所养老院，让他们安详地度过晚年。他经常来到养老院，看望那些老人们，在他的心中那些老人们就是他的父母，在他年龄幼小的时期，正是各家各户的乡亲们的热饭养育了他，如今是他报答老人们的时候了，而老人们也都动情地说："子建是我们的好娃啊！"

感恩是一种生活的态度，是对自己负责，也是对社会负责。学会感恩，是为了将那些无以回报的恩情铭记于心，是为了提醒自己如今的成功不是你个人努力的结果，是为了永远不忘那些给予过你帮助的人。

心灵感悟

感恩是一种处世哲学，是生活中的大智慧。人生在世，不可能一帆风顺，种种失败、无奈都需要我们勇敢地面对、旷达地处理。这时，是一味地埋怨生活，从此变得消沉、萎靡不振，还是对生活满怀感恩，跌倒了再爬起来？这是值得我们深思的问题。

永生难忘的感动

冷 柏

何金根家靠养牛为生，所以很小的时候，他就学会了放牛。

何金根家有一头牛叫"阿黄"，又瘦又高，它是何金根认识的第一头牛，因此，彼此有着很深的感情。

何金根还记得第一次放牛时的情景，父亲把牛牵了出来，把缰绳递到何金根手中，指了指远处的山，让他到那里去放牛。

何金根望了望牛，又望了望远处的山，那可是何金根从未去过的山呀，何金根有些害怕了，跟爸爸说："我不认得路哇！"

父亲说："你就跟着阿黄走吧，阿黄经常到山里去吃草，它认得路的。"

于是，何金根就跟着阿黄向远处的山走去。上山的时候，何金根走得很慢，不一会儿就落在了阿黄的后面，何金根怕迷路，只得紧紧跟随着阿黄，于是，他浑身都湿透了。阿黄似乎很通人性，回头望见主人离它很远，便停下来等主人。

何金根也越来越喜欢、越来越信任阿黄了，慢慢地他把阿黄当作了自己的朋友。

每次上陡坡的时候，阿黄都拉着何金根往上爬，何金根也非常感谢阿黄。

很快地，何金根与阿黄就熟了，有了感情。

有一次何金根不小心摔了一跤，膝盖磕破了，疼得何金根趴在地上直哭，这时候阿黄走了过来，用鼻子嗅了嗅何金根，后腿弯曲下来，它要背何金根回家。

阿黄把何金根驮回家，这时天早就黑了，母亲在门外焦急地等待着，看见牛背上的何金根在不住地流眼泪。那天晚上，母亲特意给阿黄喂了一些麸皮，表示对它的感激。何金根的心中也对阿黄充满了感激之情，他非常感谢这个老伙计，在他处于困境的时候帮助他。

后来何金根要去城里上学，只能和阿黄告别了，再后来何金根听说阿黄死了，据说是有一次夜里独自上山吃草，从半山腰上摔了下来。后来何金根回到家，去当年阿黄驮他下山的地方拜祭它。何金根呆呆地站在那里，凝望着自己摔跤的地方，脑海中浮现的都是阿黄那又瘦又高的身体，何金根闻着泥土的气息，回想着和阿黄一起度过的美好时光……

心灵感悟

不管是人还是动物，相处长了，都会有感情的，因此，有的动物也是有情有义，它的情义让人类感动甚至是羞愧。

分别时的泪水

雪 翠

在普通人眼里，军人是最坚强的，但当那些老兵即将退伍的时候，他们心中那份不忍分离的感情是无法言说的。而对这样的情感，再坚强的人也会泪流满面。因为那份深厚的感情，是经过了长年的训练、生活和一起摸爬滚打所积累起来的。

张树军入伍四年了，他最感激的人就是班长，是班长教张树军训练、学习，是班长教会张树军如何做人，而现在就要分开了，这段感情真叫他难以割舍。还记得第一次集合站队时，张树军鞋带没有系好，在班长严厉眼神的注视下，张树军懂得了军营的严谨作风。当时班长的态度让他很不适应，他从来没见过对他这么严厉的人，仅仅是鞋带没系好这么小的细节，班长竟然就对他大发雷霆，并且罚他在操场上跑十圈，当时他的心里对班长充满了怨恨，总想找机会报复班长。在后来的训练中，班长更加严厉，张树军心里的抵触情绪在渐渐滋长。

有一天张树军受了伤寒，后来就高烧不退。这是他在部队里第一次生病，而第一次生病就卧床不起，也不能参加训练，因此，张树军的心里非常担心，他甚至害怕再看到班长严厉的目光。在中午休息时，大家照例吃平时标准的饭菜，但

炊事班长却给他端来了一碗热腾腾的面条，其中还卧了两个鸡蛋，这种伙食平时是很难吃到的，这显然是病号的特餐。张树军心里一热，对炊事班长说："我没参加训练，怎么能享受这么好的午饭呢？"炊事班长笑着说："你必须吃下这碗面，这是班长的命令。"看着热腾腾的面条，张树军的眼睛湿润了，他深深地体会到了战友之情。

从那以后，他对班长的怨恨完全消失了，当他再看到班长的眼神时，不再感到严厉，反而觉得异常亲切。在后来的训练中，张树军更加感到了班长的亲切。

难忘的部队生活马上就要结束了，在这离别的时刻许许多多的往事一下子涌上了张树军的脑海，眼泪夺眶而出。战友们紧紧拥抱，互道珍重。

就要各奔东西了，每个人都擦干了脸上的泪水，一起向班长敬最后一个军礼，把这四年无限的感激之情都蕴藏在这个刚劲有力的军礼之中。四年的军旅生涯结束了，但对战友和班长的感激之情却深深地留在了他的心中，每当回忆起当年的情景，张树军的心中总是感慨万千。

心灵感悟

分别并不意味着永远不见，那可能是为了下一次相聚所书写下的序幕。我们很多人在分别的时候都会流下伤心的眼泪，在眼泪中期待着重逢时的笑脸……

凤凰姐妹

雅　枫

　　小芳的家在一个偏远山村，全家以种地为生，父母每天都非常辛苦地工作，把小芳和妹妹拉扯长大。在父母的眼中，小芳和妹妹是他们的掌上明珠，姐妹俩从来没有吃过苦。关于父母的辛劳，姐妹俩都看在眼里，她们暗暗下定决心，要用优异的学习成绩来报答父母的养育之恩。因此，无论是小学还是中学，姐妹俩都是班里的尖子生，父母也常常因她们而自豪，但当她们都以骄人的成绩获得大学录取通知书时，全家人既为她们高兴，也为学费的事儿发起愁来。一边是梦寐以求的大学校园，另一边却是两个人高昂的学费，全家人都犹豫了。小芳知道父母的艰辛，知道自己的家庭无法承担起两个人的学费，就决定放弃上大学的机会，让妹妹去实现自己的大学梦。然而，天无绝人之路，正在这时，村里的乡亲们自发地捐钱为她们提供上学所需的费用，为此，全家人激动得跪在地上，感谢乡亲们无私的帮助。

　　小芳和妹妹知道，要想摆脱贫困，就一定要好好学习。当她们踏进大学校门的那天，她们就已经下定了决心，一定要闯出一片属于自己的天地，将来回报父母和乡亲们。

在校期间，姐妹俩省吃俭用，尽量不给家里造成太大的负担，到了大三的时候，姐妹俩已经可以当家教赚钱了，这也让她们的生活宽松了一些。小芳姐妹俩都非常懂事，她们很感谢这一路走来给予过她们帮助的人，这些点滴馈赠深深刻在她们的记忆里，为她们今后的选择做了向导。

毕业了，姐妹俩都选择了回到家乡去工作，她们放弃了环境、待遇都非常好的工作，在当地一所小学当老师。她们希望用自己的知识辅导村子里的孩子们，用自己的经历告诉他们做人一定要懂得感恩，只有拥有感恩之心，你的生活才会变得灿烂，你的人生也会因此而变得缤纷多彩。

我们生活在一个幸福的时代，每天衣食无忧，当我们理所当然地享受着这一切的时候，你可曾想到在你成长的道路上，父母要为此付出多少辛酸，多少劳苦？你是否想过有一天要回报养育你的父母呢？

心灵感悟

人的一生需要感谢的人太多，而这种感谢并不是说一句谢谢就可以的，更需要我们用实际的行动去感恩。在生活中，我们要不断地提高自己，用一颗感恩的心回赠社会。

校 花

沛 南

　　章子菁是中学时的校花，学习成绩十分优异，但也渐渐形成了傲慢的性格，有时甚至略显孤独。一向清高的章子菁顺利地考上了大学，但她并没有流露出过分欣喜的神情，她实在是清高惯了。刚开始住校的时候她很不合群，由于宿舍是几名同学合住，章子菁有些不适应，经常和室友闹矛盾，情绪一度比较低落。看到女儿精神不振，爸爸十分担心她，当爸爸了解到她的情况之后，就语重心长地教她如何处理与同学们的关系，帮助她适应住宿生活。

　　有一次，章子菁在宿舍里和同学发生了一些不愉快的事，当天就离开宿舍回到了家中，这令爸爸感到非常意外，就问她又发生了什么事，而章子菁只是淡淡地说自己和室友发生了一些小矛盾，但不愿意提及细节。这一晚爸爸耐心地跟女儿谈了很长时间的话，又讲了许多自己年轻时的经历，并且语重心长地告诉女儿，凡事不要与别人争，要学会宽容、学会礼让，要怀着感恩的心去对待同学和朋友。周末返校时，爸爸给章子菁带了些水果，让她分给室友们，特别强调一定要给那个与章子菁产生矛盾的同学。

　　章子菁听了爸爸的话，觉得自己实在有些清高，缺乏与同学相处的能力，于是下决心改变自己的性格，所以第二天一回到宿舍，她就把水果分给了每一个同学，特别是那个和她有矛盾的同学，但是却被那个室友拒绝了，当时章子菁并没有说话。

晚上章子菁给爸爸打电话，说那个同学没有接受她给的水果。爸爸告诉章子菁没关系，并让章子菁以后有东西还要给她，然后便挂断了电话。章子菁觉得爸爸非常关心她，反复叮嘱自己，她对爸爸也充满了感激之情。

一件小事让章子菁感悟到了父亲对女儿伟大而又无私的爱，让章子菁体会到了恩情的重要，也教会了她如何感恩。

可怜天下父母心，他们是如此深爱着自己的孩子，教他们做人，给他们希望。作为孩子也要明白父母的良苦用心，用自己的努力奋进去回报父母的恩情。

心灵感悟

父母与孩子都是两个个体，既然是两个个体，对有些事情的看法就必然会不一致。做家长的要体会到孩子的心情，孩子更要努力地去报答父母为自己所做的一切事情，这便是一种感恩。

无用之用

慕 菡

美国有一个叫罗伯特的人，用几年时间收集了七万多件"失败产品"，然后创办了一个"失败产品陈列室"，并一一配上了言简意赅的说明。由于这一展览给人以真实深切的警示，所以开展后观者如潮，给罗伯特带来了巨大的财富。

妙！展览"无用"的废品竟创造了成功！联想到一句西方的幽默：所谓垃圾，就是放错了地方的好东西。生活中的很多事也是如此。既然放错了地方，就不妨给它换个位置，谁找准了这个"地方"，谁就能让那些"垃圾"大放光彩！

有一位旅行者，走到了一个十分偏僻的地方。在那里他发现了一大片兰草。经仔细辨认后，他确定那是兰花中的珍品：佛兰。旅行者惊喜之极，决定把这些花带回城里出售。旅行者找到一户农户，想借一把锄头。当憨厚的男主人明白了旅行者的来意后，很爽快地把锄头递给他，只是提出一个要求：跟着他去看一看是怎样的一种花儿，能让旅行者如此着迷。

看过之后，农民很失望。"原来是这种自生自灭的小草，我们这里的人谁都不要，这草是没用的，我们曾割回去喂牛，可是它嗅也没嗅一下。"说完，农民遗憾地走了。几天以后，旅行者回到城里，带回去的几十株佛兰，很快使他成了

富翁。

庄子说，人皆知有用之用，而莫知无用之用。其实，世上本没有绝对无用的东西或失败的事物，只是利用的方式不同罢了。同一种事物，在不同的人眼里，或者在不同的际遇里，往往会有不同的价值。

人生也是如此，这世上本没有天生无用、天生失败或者天生成功的人，关键是你处在什么位置，或者选择了什么样的道路。所以不要说自己一无所有，一无所能，只不过你就像那株佛兰一样，还没有被发现而已。那么，我们何不换一个角度看自己，试着走出去，充分展现自己的长处，在"平庸"中挖掘亮点，从"无用"中寻找价值呢。

因循守旧，只能让人的生命囿于一种苟且的状态；创新求变，则会让人生焕发出耀眼的光芒。

世间有许多东西，换一个地方就会使价值成倍地增长，贵重者如珍珠钻石，低贱者如小花小草，即使是被众人抛弃的垃圾里面，也可能藏着巨大的财富。人生亦是如此，当你因感觉自己一无所长而自卑时，你只是一时没有站对位置，或只是一时被埋没着，不妨换一个位置，好好开发一下自己，你会惊讶地发现自己身上藏着丰富的潜能。

心灵感悟

当一些人自暴自弃的时候，肯定不会想到有一天自己会成功，因为那时的他并不知道自己可以做什么，也许他只是不适合做自己曾经失败过的事情。我们心里应该明白的道理是无论成功与失败其实都是赢，因为成功了说明我们走对了，失败了说明我们成功的地方不在这，是在另一个地方。

方丈的智慧

静 松

方丈下山游说佛法，在一家店铺里看到一尊释迦牟尼像，青铜所铸，形体逼真，神态安然。方丈大悦：若能带回寺里，开启其佛光，永世供奉，真是一件幸事。可店铺老板见方丈如此钟爱这尊佛像，就咬定5000元的价格不放。

方丈回到寺里对众僧谈起此事，并说一定要买下这尊释迦牟尼像。众僧问方丈打算以多少钱买下它。方丈说："500元足矣。"众僧都不相信，那怎么可能呢？方丈说："天理犹存，当有办法，万丈红尘，芸芸众生，欲壑难填，则得不偿失啊，我佛慈悲，普度众生，当让他仅仅赚到这500元。"

"怎样度他呢？"众僧不解地问。

"让他忏悔。"方丈笑着答道。众僧更不理解了。方丈说："你们只管按吩咐去做就行了。"

方丈让弟子们乔装打扮了一番。

第一个弟子下山去店铺买那尊佛像，和老板砍价时，老板咬定4500元价格不放，未果回山。

第二天，第二个弟子下山去买那尊佛像，和老板砍价时，老板咬定4000元不

放，亦未果回山。

就这样，直到最后一个弟子在第九天下山时，所给的价已经低到了200元，还是未果。

眼见那些买主一天天离去，价格一个比一个出得低，老板很是着急，每一天他都后悔：不如以前一天的价格卖给前一个人算了。他深深地责怨自己太贪财了。到第十天时，他在心里说，今天若再有人来买这尊佛像，无论出多少钱我都卖给他。

第十天，方丈亲自下山，说要出500元买下这尊佛像，老板高兴得不得了：竟然又反弹到了500元！当即出手。高兴之余又另赠方丈龛台一副。方丈得到了那尊铜像，谢绝了龛台，单掌作揖笑曰："欲壑无边，凡事有度，一切适可而止呀！善哉，善哉……"

有一禅诗云：逝去不复返，黄叶无枯荣。万物有终极，浮生欲何求？爱缘一染指，智虑常纵横。宁知昨日事，转眼多变更。圣人示敧器，稍满还复倾。及时不自惜，时去空伤情。确实，人的欲望是无限膨胀的，若为满足物欲，势必一生为物所累。适可而止，是禅宗学家的智慧，也是我们为人处事的法则。

心灵感悟

欲望的力量可以大到让人难以想象。如果它小到让人难以发觉，这便是一种智慧。当我们一心要一样东西的时候，我们可能会错失很多其他的东西，适可而止，也是一种人生智慧。

忘恩负义的商人

芷 安

　　一个商人很幸运，他从事航海贩运发了财。他曾屡屡战胜各种困难，各种各样恶劣的气候或地形都没有给他造成损失。命运女神似乎格外垂青他，他的所有同行都得向主管生死的阿特洛波丝女神和海神乃普敦交税，只有他的船不交税也能够平安返航。代理人和经销商对他忠实守信，人们奢侈的享受欲和购买欲望使他财源滚滚，他所经营的砂糖、瓷器、肉桂和烟草，都能够顺利地贩卖出去，财富像雨点般落下，没过多久，他便是腰缠万贯的大富翁了。

　　他从此便驾车走路，就是在斋戒的日子里也有十分气派的排场。一个朋友目睹了他的豪华宴会之后，非常羡慕。"您的家常便饭都这样的气派！"他的朋友说。

　　"这还不是靠我的聪明、我的心血，靠我自己的努力奋斗，靠我抓住机遇、投资准确得来的吗！"

　　这位商人觉得赚钱是很容易的事。因此，他把赚得的钱都拿出去搞投机活动，可这一次却不是那么顺利。租的船设备很差，遇到一点儿风浪就会翻船；另一艘船连基本的防御武器都没有，它接连遭受海盗的袭击；第三条船呢，虽然能够平安到港，但由于经济萧条，没有了往日那种追求奢华的风气和买货狂潮，货物积压时间太长，都变质了。另外，代理人的欺骗和商人花天酒地、挥金如土、大兴土木的生活方式，使他很快就变成了一个穷光蛋。他的一个朋友看到他如今的境况，问他道：

"你怎么变成这样了？"

"唉，甭提了，全怪那不济的命运。"

"您别放在心上，如果命运不愿意看到你幸福，至少它会教你变得谨慎小心。"朋友安慰他说。

不知道他是否听进去了这个忠告，但可以肯定的是，人们在一般情况下，总爱把成绩归功于自己的才干，如果失败，那就要大骂命运女神。

在取得成绩的时候，要时刻保持清醒的大脑，千万不要被成功冲昏了头脑。骄傲自满，只会使自己陷于失败的境地。

心灵感悟

当成功的时候，我们会很骄傲地夸耀自己，而当我们失败的时候，我们往往把责任推卸给命运，其实主要的问题是出在了我们的逃避。在人生的过程中，其实接受失败，与夸耀成功是一样重要，只要我们明白了这一点就能从失败中获得成功。

旅途中的陌生人

有些事情我们一辈子都难以忘怀，那是因为在我们生命中最需要帮助的时候，这件事发生了。所以，这件事情永久刻在我们的心里让我们永远地难以忘怀。在生活中，我们需要做的可能就是尽量做其他人心中的这样一个人吧。

旅途中的陌生人

雪 翠

那年夏天，我突然接到前夫的妹妹的电话，说是前夫得了重病，在珠海的医院里已经昏迷十几天了，医生说恐怕是不行了，要我带孩子去见他最后一面。这个消息对我不啻晴天霹雳。我立刻带上孩子，登上了去广州的飞机。到广州时已是晚上十点半，我只得带着孩子住下来。也许老天也要为难我们孤弱母子，晚上"弗洛伊德"台风登陆广州，第二天又下起了暴雨。由于道路被淹，去珠海的车全部停运了。

为了能让孩子见到爸爸最后一面，我无论如何也要赶到珠海。然而，拦了一辆又一辆出租车，司机都表示不敢走。牵着孩子，我站在暴雨如注的旅店门前，只想大哭一场！后来又有一辆出租车停在我面前，问我要到哪里去。我立刻像抓住了救命稻草，所以这次我没有先讲要去的地方，而是诉说了自己的情况。那位司机沉默良久，终于还是充满歉意地说他爱莫能助。看着车子慢慢开走，好像是希望正在一点点消失，我咬住嘴唇，闭上眼睛，蹲下身来将孩子紧紧揽在怀里……良久，忽然听到孩子的声音："妈妈，那辆车子又开回来了。"我抬起头睁开眼，看见了那位司机和他的红色轿车。他说："路确实很难跑，我先送你们走，实在不行就到中山，到时再想办法。"我的想法是能离珠海近一点儿算一点儿。于是，我就立刻答应了。

沿途是一片台风肆虐后的景象，一排排的棕榈树倾成了45°，好像在行默哀礼。有的路段车子吃水很深，都超过了车门的底缝，我们的鞋子和裤腿全湿透了。司机回过头来对我说："我们这是在玩命啊！你们可要坐好了。"我感激地朝他点点头，将孩子紧紧抱在怀里，却没有感到害怕。在路上只要碰到一辆车，司机都要鸣喇叭，停下车来打听路况。得到的答案都是不要往前走了，危险得很。司机并未为之所动，反而转过头来安慰我："你不要担心，他过得来，我就过得去。"直到到达中山市，我们也只是碰到了五六辆敢在路上跑的车。

到了中山市后，司机带着我们母子往珠海的方向左冲右突，却怎么也冲不出去。中山周边积水太多，道路已经被冲毁被淹没了。几经打听，才知道有一条可绕去珠海的路，司机说他没走过，路况又不好，不能带我们瞎冒险。但他又劝我不用担心，他去帮我们找当地的司机。他下了车。我看到他连找了好几位当地的同行，但好像都被拒绝了。他又是递烟又是赔笑脸，不时地指指车上的我们，大概是在告诉他们我们的情况吧。

后来，终于有一位司机将车开了过来。他嘘了口气，过来对我说："就让这位张师傅带你去吧，价钱我已经跟他谈好了，你看合不合适？"我将车钱付给他时，特意多给了一些，以表达我的谢意。谁知他把多给的钱退了回来，说："你也不容易，我不能乘人之危呀！"我说："这是应该的呀。"他摆了摆手，说："我还要赶回广州，这位张师傅一看就知道是老师傅了，别担心。一路顺风！"说完他上了车，在里面向我招了招手，匆匆走了。

上了车，张师傅问我："他是你的熟人？"我摇了摇头，这才记起连他的名字都忘了问。张师傅赞道："是个男人！"
我的眼睛湿润了。

终于到了珠海，台风肆虐后的珠海一片狼藉。然而见到前夫，才知道他已经被宣布脑死亡。我轻轻呼唤他的名字，看到竟有一

颗泪珠从前夫眼眶里滑了出来，心里顿时撕裂般地痛……

很久，我都不愿回首这段悲情之旅。然而那位司机和他火红色的车，却像一盏温暖的灯，亮在我曾经冷寂黑暗的心间……

有些事情我们一辈子都难以忘怀，那是因为在我们最需要帮助的时候，这件事发生了。所以，这件事情就会永久地刻在我们的心里让我们永远地难以忘怀。在生活中，我们需要做的可能就是尽量做其他人心中的这样一个人吧。

狮 子

雁 丹

从前，传说豹王经过长期的征战，已拥有了相当丰厚的财产：成群的羊、牛和鹿。

然而，附近的草原上出现了一头狮子。豹王就把它的大臣狐狸叫去商量事情。狐狸不但老谋深算，而且是一个出色的政治家。豹王对狐狸说："你肯定害怕我们那邻居狮子，可它的父亲已经死了，这个与其说让人同情还不如说让人可怜的孤儿，它还能成什么气候呢？它的麻烦事儿已经够多的了，它除了听从命运的安排，老老实实地在家里待着外，还能到外面去攻伐和杀戮吗？"

狐狸摇着脑袋回答："大王，这样的孤儿一点儿也不会让我对它产生同情。我们该做的，要么让它与我们保持友好，要么就全力以赴地铲除它，在它的爪子、利齿还没有长成，在它还没有危及我们的安全之前就消灭它。不要丧失这个失去了就无法得到的时机。我替它占卜过，它是靠与别的动物打斗而成长起来的，与它的那些生活在一起的朋友们相比，它是最优秀的狮子。对于这种狮子，你要么尽力做到也像它一样厉害，要么就尽力去削弱它。"

然而，狐狸的这番忠言等于白说，因为豹王听着听着就睡着了，它周围的大

臣和动物们也都满不在乎地睡着了。

最终，幼狮长成了一头威风凛凛的强悍的雄狮。警报传到了豹王的耳朵里，也传遍了大草原的四面八方。而曾经给豹王提过建议的狐狸，这时只能唉声叹气地对豹王说："对此，你还能有什么办法呢？事已至此，一切都已经无法挽回了，我们只能面对现实。就算你叫上一千个人来帮忙都已无济于事，因为人来得越多，付出的代价也就越多。我目前能想出的好办法只有一个，就是用丰厚的食物来填饱狮子的胃口。这是让狮子老实起来的最可靠的办法，唯有这样才能保证其他活着的动物的力量，保护我们的财产。狮子拥有三项无法估量、常人无法比拟的优势——勇武、力量和警觉。赶快往它爪子底下扔过去一只羊吧，如果它嫌一只太少，就再多扔一些。你得采用这种给它送礼的办法，把牧场上最肥的牛羊送给它吃，如此才能拯救剩下的其他的动物。"

狐狸的这个建议也没有被采纳。结果，情况就更加糟糕了。豹王周围更多的动物遭了殃：最后，豹王所统治下的动物都被狮子吃了个精光，豹王也无可奈何地奉献出了自己的地盘，逃往别处了。总之，原来豹王所害怕的敌人如今成了这里的主人。

刚愎自用，一意孤行，对于别人的话充耳不闻的人是要吃大亏的。

心灵感悟

做人忌讳的就是听不进去其他人的建议，使得自己一直走下坡路。或许有些人会走得更高，但那不意味着成功，可能只会意味着将摔得更重。

狮子的学习

采 青

　　狮王为了使王国在自己的管理下更加繁荣强盛，于是决定要学仁治施仁政。它派人把动物中的艺术大师猴子叫来，向猴子请教治国之道。

　　猴子给狮王上的第一课是这样说的："大王，您如果要做到贤明地治理国家，首先应该做到的是对自己的国家满腔热忱，而不应有某种被人们称之为'妄自尊大'的情绪。因为这种情绪是我们动物身上产生一切坏毛病的根源。不过，要想从我们身上去除这种情绪却绝不是一件容易的事，因为'冰冻三尺，非一日之寒'，它的形成是由来已久的。在这方面，尊敬的陛下，您一定不能让自己做出荒唐和有失公正的事来。"

　　狮王说："那就请你给我举出正、反两方面的例子。"

　　猴子大师接着往下说道："所有的种族，就从我们猴子来说吧，总是看高自己所从事的工作，而把别人视作浅薄无知之辈，甚至把别人贬为粗俗失教之人，总说一些毫无意义的话语。这种'妄自尊大'有时也以拼命吹捧自己同类的方式出现，因为这是达到抬高自己目的的最好方法。

　　"有一天，我走在两头毛驴的身后，它们相互吹捧的话刚巧被我听见。我听到其中的一头毛驴对它的同伴说：'大人，您难道没有发现吗？那些号称是十全十美的人类，他们既愚蠢又大失公道，他们公然滥用我们的神圣称号，管一些无知、思维迟钝和笨拙的人叫"蠢驴"，他们还把我们的说笑谈话都骂作"驴叫"。人类真是可笑，他们自以为比我们毛驴高明！不，不，只有你才有资格说三道四，人类的那些演说家都应该闭嘴，他们才是名副其实的笨蛋呢！不过，任由他们说去吧，只要你理解我，我也理解你，这就足够了。至于刚才听到的你那美妙悦耳的歌声，我觉得与歌唱家夜莺相比，它在你面前也只能是甘拜下风了，你的歌唱水平也早已超过了歌唱家朗贝尔。'

"另一头毛驴马上回答说：'大人，我认为您也同样拥有这些良好的素质。'这两头毛驴居然就这样不遗余力地相互吹捧着一路走进城里。它们认为，这样互相吹捧就可以抬高自己的身价，是一件天大的好事，就以为荣耀会纷纷落到它们的头上。这样的人我见得多了，不光是毛驴中有，就是在我们身边的一些大人物中也有，老天让这些大人物坐在高位上，他们之间本来应以'阁下'相称，但他们竟敢互称'陛下'。

"我现在或许说了些不该说的话，但我相信大王陛下会替我保守秘密的。您还希望了解'妄自尊大'在其他事情上是如何让人变得滑稽可笑的，这就要提到'有失公正'这个问题了，这得另抽时间去说它。"

这只猴子就说了这么多，却对正、反两个方面中的"另一个方面"没有探讨。因为他知道自己面对的是狮王。

精明的人会根据说话对象的不同，以不同的方式来表达。

心灵感悟

对待不同的事情要有着不同的分析方式，对待不同事情用同一种分析方式的人，我们一定会说的两个字就是——愚蠢。做个聪明人其实并不难，难的是我们是否会学着去做。

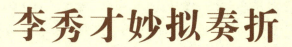

李秀才妙拟奏折

宛 彤

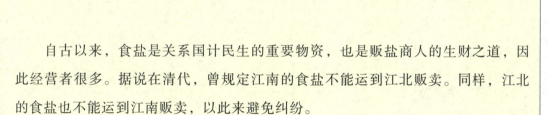

　　自古以来，食盐是关系国计民生的重要物资，也是贩盐商人的生财之道，因此经营者很多。据说在清代，曾规定江南的食盐不能运到江北贩卖。同样，江北的食盐也不能运到江南贩卖，以此来避免纠纷。

　　然而，贩盐的纠纷还是屡屡出现。有一年，江南的食盐歉收，杭州知府就暗中派盐商到江北运盐，不料在长江的江面上被对方拦截住了，盐商即将此事告知杭州府。杭州府去公文协商，恳求对方给予通融。对方却不肯答应，说食盐南北分卖，是先朝立下的规约，谁也不能违背。杭州知府为此愁得食不甘味，夜不成寐。

　　府衙有个姓李的幕僚，是绍兴人，秀才出身，才学出众，颇为清高自负，平时不愿多管闲事，但一旦干预，总能把事情办妥。杭州知府就同李秀才商议如何来解决这贩盐纠纷。

　　李秀才坦诚相告："要解决此事，势必通天，打破以前立下的规约。但革除旧规并不容易。朝廷准奏，固然能为民造福，但万一怪罪下来，则非同小可，个中风险甚大，不知大人能担待否？"

杭州知府说："为民请命是我的本分，只要有理有利有节，再大的风险，我也敢于担待。"

李秀才发挥了他绍兴师爷"刀笔"的才能，当场就为知府代拟了一个奏折。他在奏折中慷慨陈词，分析了南北分贩食盐的不合理，强调革除旧规的必要性。奏折中说得头头是道，有条有理。其中主要的句子是这样的："列国纷争，尚且移民移粟；大清一统，何分江北江南。"

这话的意思是统一的大清难道不如纷争的列国吗？为什么要自定规约，自缚手脚呢？

这份奏折由杭州知府上达朝廷后，皇帝见了感到文中所写颇有见解，觉得自己应该做一个统一的大清的主子。于是就将奏折批给户部，户部尚书不敢怠慢，又见文中所说字字有力，句句在理，就下令取消了旧规。从此，食盐就可南北调运，这次纠纷当然也顺理成章地解决了。

心灵感悟

有的时候我们需要注意的事情不是解决表面，而是要解决其根源所在。我们在生活中遇到这样的事情，要善于发现，善于追其根本。

小贩智斗十强盗

冷 柏

　　从前，北方某家旅店里走进来一位卖瓷器的小贩。此时已近傍晚，他和众人合住在一个房间，开始歇息。刚进店时，他发现隔壁房间已经住着两个人，一看那模样好像是贩布的商客。此时，外面涌进去8个人，还抬着一只大木柜，住进了两个布商的房间。他的床铺就靠近墙壁，所以隔壁的动静他听得一清二楚。

　　半夜时分，天气很冷，小贩一觉醒来，翻了个身，刚想舒舒服服再睡下去，突然觉得隔壁房间似乎有什么动静。他轻轻地钻出了被窝，把耳朵贴近隔墙，仔细一听，有一个声音在哭着说："东西你们都拿去吧，只求你们给些银两，好让我做回家的路费。"小贩吓了一跳，更加屏息细听起来。他听见隔壁嘀嘀咕咕的声音，似乎是有人答应了刚才那人的乞求。但突然又有一个恶狠狠的声音说道："如果你不杀他，他就会杀你！"小贩暗叫不好，心想一定是碰上强盗了。

　　此时，屋子里又恢复了宁静，静得令人可怕。小贩心里明白，肯定发生了什么可怕的事。他蹑手蹑脚地走回床边，偷偷地踢醒了睡在旁边的一个盲人。急忙把事情告诉了他。盲人顿时吓得直打哆嗦。小贩拉过盲人的耳朵，悄悄地把自己的打算告诉了盲人。过了一会，盲人就起身穿好衣服往外走，刚走到门边，只听哗啦叮当一阵响，小贩的瓷器担给他碰翻了。小贩上前一把抓住盲人，两个人就吵起来。一个叫："你赔我的货担！"一个嚷："我眼睛瞎了看不见！"就这样，一直吵到了店门口。喧闹声立时传遍了整个旅店，店主和客人们纷纷从被窝里爬出来，睡眼惺忪地来到外面，互相询问着到底发生了什么事。在一片嚷嚷声里，小贩乘机拉过了店主，一五一十地告诉了刚才的隔壁戏。店主秘密做了准备。

第二天大清早，隔壁房间的那伙人就抬着大木柜准备离开旅店。一数还是10个人。此时，店主不露声色地迎上前去，故意问道："哎呀，怎么少了两个人？"

那10个人异口同声地答道："我们进店就是10个，现在还是10个，怎么会少呢？"嘴上虽这么说，可脸色一个个都变了。

此时，店主使了个眼色，众人一拥而上，开始搜查这些人的行李和大木箱。

当人们打开木柜时，都惊叫了起来，原来那里面是两具血肉模糊的尸体，竟是那两个布商。顿时人们气愤无比，把这些恶盗捆绑起来押到当地官府。

审讯后，这10个强盗一一招供。事先，他们了解到两个布商携带了不少钱财，为了掩人耳目，就先在大木柜里藏了两个同伙一起抬了进去，等把人杀了，就把活人换成死尸一起抬出去。他们以为这伎俩够周密完善的了，但到头来还是没有逃出聪明人布下的法网！

心灵感悟

在危急时刻，我们需要的是急中生智，就像文中的小商贩，用了他的智慧将强盗们绳之于法。在生活中，我们不仅要培养这种智慧，更要培养这种意识。

张老翁遗嘱奥秘

凝　丝

　　清朝，某地有位姓张的富户，妻子只生了个女儿便死去。张老视女儿为明珠，百般溺爱，养成一副刁蛮习气。待女儿出落成大姑娘后，张老选了个上门女婿。成亲后，小夫妻待张老并不孝顺。张老为此十分伤心，寂寞之中便重纳一妾。小妾待他百般温柔，照料体贴。过了一年，小妾为他生了个胖儿子，取名一飞。奇怪的是，自生下一飞后，女儿女婿一改常态，居然对张老孝顺起来。为此，张老心中倒也很高兴。

　　在一飞4岁时，张老染病卧床不起。病危时将女婿唤于床前悄悄说："我将不久于人世，关于财产问题，小妾不是正房，她儿子没有资格继承我的财产，财产当归你们夫妇。但你们要养活她们母子，不能让她们饿死在山沟里，这就是你们积了阴德了。"说完便拿纸写道："张一非吾子也家财尽与吾婿外人不得争夺。"写完念道："张一，非吾子也，家财尽与吾婿，外人不得争夺。"女婿大喜，一口应诺丈人的请求。

　　没多久，张老便去世。留下的小妾和儿子却开始受罪，被张老女婿逐到后院草房居住。小妾充当佣人，被百般使唤，吃尽了苦头，过了几年，因疾病缠身，丢下小一飞赴了黄泉。一飞在家处处遭白眼，好不容易熬了几年，终于长大成人。他觉得自己完全有理由得到自己的一份财产，便告官要求明判。可县官一见张老女婿递上的那张遗嘱，就无话可说，对一飞的状子不再理睬。

有一天，奉命查访的官员到了这里。一飞不服气，决定直接向这位官员上诉。听完他的诉辞，官员思忖了一下便传唤张老女婿到堂。女婿仍然以岳丈遗嘱为证据递交官员。

这位官员看后微微一笑，这样读遗嘱："张一非，吾子也，家财尽与。吾婿外人，不得争夺。"说："你岳父明明说'吾婿外人'，你还敢占有他的家业吗？假意把'飞'写作'非'字，是你岳父顾虑一飞幼小，恐怕被你所害啊！"

张老女婿目瞪口呆，无可辩驳，眼睁睁地瞧着那份家业全部被判给了张一飞。

心灵感悟

做事情的时候需要智慧，无论什么时候都要有"害人之心不可有，防人之心不可无"的心理。我们要动用智慧，这样才可以达到我们的目的。

赵大明善察贼踪

碧 巧

有个商人被强盗杀死，县令一时抓不到凶手。就严令衙内捕役，限在10天内一定要捕获凶手。那些捕役一个个愁眉苦脸，一筹莫展。

其中有个叫汪小二的捕役说："我有个朋友叫赵大明，在邻县当捕役，十分聪明，且听我讲个有关他善于明察的故事吧——"

有一天，赵大明在河边散步，忽然跳上一只空船，对船夫说："你船里有赃物，我要搜查！"那船夫生气地揭开舱板说："你搜查吧！"结果里面什么也没有。赵大明又命令他打开底板，可船夫坚决不肯，赵大明强行打开一看，底下全是金银布匹，底下面又有底，都是为了隐藏赃物。赵大明把这船夫押送到县衙，一查，原来他是个大盗贼。有人问赵大明，是根据什么知道船里有偷盗来的赃物。赵大明说："我远远见这船很小，可是风浪却不能动摇它，而且系船的缆绳，拖着小船显得很沉重，所以知道船底里有夹层，而夹底板中有东西。那船夫把东西隐藏得那么好，不是赃物又是什么呢？"

捕役汪小二讲完这个故事，又说："你们瞧，善于观察分析的赵大明不是比我们强得多吗？为什么不向他求教呢？"

赵大明被请来了，他听完案情，说："既然商人是在船上被杀死的，那帮强盗很可能经常出没于水道，我们应该经常在河边察访，看看有什么可疑的迹象。"

一天，赵大明坐在河边的茶店中，见一条船经过，他放下茶盅，对身边的汪小二说："快叫弟兄们截住那条船，强盗肯定在船中！"

那只船上的人被押到公堂一审，果然就是杀死商人的强盗。

众捕役问赵大明："您怎么知道船中有强盗呢？"

赵大明笑笑说："很简单，我看见那船尾上晒着一条新洗的绸被，绸被上聚集了很多的苍蝇。要知道，人的血迹虽然可以洗掉，可血腥气却难以洗掉，那么多的苍蝇聚在上面，很可能是上面有血腥气。再说，船家即使再怎么富裕，也不会用绸被，而且，绸面不是另外拆去，却连同布夹里一起洗，这就证明船上的不是正派人，只有强盗才会这样大手大脚。"

众捕役十分佩服赵大明善察贼踪。

有一种东西叫作细心，无论是谁只要有一个专注的头脑，有明察秋毫的意识，在遇到困难的时候，就不会轻易地失败。

张胜改一字救命

静 松

从前有个专帮穷人打官司的讼师叫张胜，常能反败为胜，化险为夷。

一次，当地流氓刘金宝调戏农民林阿狗的妻子，正巧被林阿狗撞上，两人就打了起来。那流氓有些武功，把阿狗打个半死。阿狗妻急了，随手拿着一把斧子朝流氓劈去，谁想正劈在要命的地方，竟把他劈死了。于是官府把阿狗夫妻俩抓到县衙门去。

阿狗的穷乡亲请张胜去为阿狗主持公道。张胜查了案卷，见上面的结论是：阿狗妻见丈夫被刘金宝打伤，急了，就用斧子劈死了刘金宝……如果按照这个结论，会将阿狗妻判为故意杀人罪，这罪名可大了，轻则要判十几年甚至无期徒刑，重则要偿命。办案的法吏是张胜的朋友，张胜对他说："刘金宝要入室欺侮女人，而且把阿狗打得要死，阿狗妻是为了自卫才动了斧子，按情理应该轻判，请老兄笔下留情。"

法吏说："已经记录在案，盖上了官印，不能再更改啦。"

张胜说："小弟倒有办法，只需改动一笔，就可救她。"

"改一笔就能救人？"法吏忽然想起了两件事：前些时候，斗笠湖口漂来一

具浮尸，法吏前去验尸，呈报单上写了"斗笠湖口发现浮尸"，湖口岸的老百姓很着急，怕官府因此来找麻烦，敲竹杠，张胜就请法吏把"湖口"的"口"字当中加上一竖，改成"斗笠湖中发现浮尸"，这样就跟湖口的老百姓没了关系。

又有一次，有个农民因交不起租，家中的东西全被财主抢去了。那农民一时性急，奔到财主家夺回一个锅子。财主就告农民"大门而入，明火执仗。"

张胜知道后，在"大"字的右上角加了一点，就变成"犬"字。这样就显得不符合事实了：既"明火执仗"却"犬门而入"，使财主落了个诬告的罪名。

法吏想到这里，想看看张胜这次有什么妙计。就说："我也同情阿狗夫妻俩，如果你能改得巧妙，就请吧。"

张胜笑了笑，挥笔在"用斧子劈死"的"用"字上轻轻一钩，改成"甩"字。"用刀劈死"，是故意杀人，要偿命；可"甩斧子"就不一定致对方死命，只是甩得不巧，失手劈死。这样就把故意杀人罪降为误伤致死的过失罪，至多判两三年刑。

法吏笑道："你真是改一字救一命啊！"

心灵感悟

只要注重并合理利用细节，任何事情都可以发生逆转。

胡县官断替罪案

芷 安

河北省有一位姓胡的县官，有一天受理了这么一桩奇案：有个眼盲的中年男子来到县衙门，声泪俱下地说，自己在狂怒中不慎失手打死了年老的父亲，要求胡县令给他治罪。

胡县令随即去现场查勘。进门一看，只见一位白发老翁面朝黄土，倒在血泊中。胡县令发现死者后脑勺有三个伤口，这些伤口有规则地分开排列着。

胡县令心生疑窦，这似乎不像一个盲人干的。他不露声色地对盲人说道："你杀了人，是要抵罪的。跟我们走吧！你这一去再别想回来了！家里还有什么人？叫来和你诀别！"

盲人脸色阴沉地说，家里仅有一个儿子。儿子被传来了，畏畏缩缩地站在父亲的身边。此时，胡县令在一旁大声地说道："你们父子有什么话就快说吧，今天可是最后的机会了！"

听罢这话，儿子抓住了父亲的手，低头呜咽起来。父亲也哭着对儿子道："儿啊，以后可要好好做人，只要你今后好好地过日子，你父亲此去也没什么牵挂了。不要想念我，我是个盲人，也不值得想念！"那儿子神色凄然而又慌乱。

一语不发地低着头。

县官立即喝令他儿子退下。过了一会儿，他又叫盲人退下，然后又立即将那儿子叫来铁青着脸高声叫道："刚才你父亲把一切都招认了，是你打死了你祖父，还想要你父亲来抵罪，你知道该当何罪吗？还不快招供？否则……"

那儿子扑通一声跪倒在地，哆嗦着说："我确实打死了祖父，但我父亲前来投案认罪是他自己的主意，这跟我不相干，请大人饶命！"说完连连磕头。

原来他家共有四口人，他还有位叔叔，那老翁由于大儿子是个盲人，所以常常偏袒小儿子。这孙子就记恨在心，有一天趁着老翁一人在家，抢起石块就砸。父亲回来可吓坏了，为了门庭这条根，就想出了替罪的办法。

事后，人们惊奇地问胡县令怎么会得知其中的曲折。胡县令说："你想啊，盲人发怒打人，一般都是乱砸一气，而那三处伤口却排得清楚整齐，这显然是眼明之人所干！我一看现场就怀疑。随后我叫来了他的儿子，故意让他们生离死别，一看那儿子不自然的举动、不符常理的神情，我心里就有了谱，再趁他心神不宁之时一追问，实情不就水落石出了吗？"

同样是注重细节的问题，让我们知道一个细节挽救一个人的生命。

彭永思拾虫窝石

雪 翠

彭永思任楚雄县的知县时，某官员解送一批饷银到达省会。打开贮藏饷银的木箱时，他大吃一惊，发现木箱中有一块石头，清点便发觉少二百两银子。地方官怀疑是挑木箱的役卒从中做了手脚，便下令将役卒捆绑起来，送往省府，刚好彭永思在省城，上司就把此案交给彭永思处理。

彭永思察看那块冒顶银子的石头，发现上面有虫做的窝，觉得此事很蹊跷。他想：石头有虫窝说明此石并非道路上的石头，那么此案可能并非役卒而做。他用手掂掂那石头的分量，忽地又想起一个关键问题，便问那役卒："石头比银子轻，你肩上担着银子，左右轻重必须保持平衡。你什么时候感到倾斜过？"

役卒经他一提示，猛醒道："是的。今天早上从客店出来上路时，就感到担子倾斜了。"

彭永思一听，心中有了底，就对地方官说："你们一行人随我同行。"说完就关照备轿，然后将那块石头装于轿中，沿着地方官来的那条路往回走。

一路上，彭永思细心察看路边的石头，只要遇到相像的石头，就拾起来，竟然拾了十几块，拿来比较，却又不相像。

走着走着，便到昨夜地方官打点住夜的客店。店主外出迎接，一见地方官等人，面露惊慌之色，但随即恢复正常。这一闪的神情已被彭永思看在眼里，但他丝毫不露声色。

傍晚，彭永思装作散步，在客店旁踱来踱去，忽见竹林处有人私语、细窥，只见地方官的侍从正和店主在窃窃说着什么。彭永思仍不惊动他们，转到后屋见角落处有堆乱石，上面有许多虫窝。上前捡起一块石头细瞧，心中大喜：此石与饷银箱中的极为相似。

彭永思把石头带到客店，当即吩咐手下就地升堂，并唤来店主和地方官的侍从。

众人到齐，彭永思正色道："关于饷银失窃一案，本官已有眉目。今日且看我审问石头。"

众人不解。石头何能言语？如何审得？

只见彭永思微微一笑，取出饷银箱中的石头，和那一路上捡到的石头，叫地方官的侍从和店主一一比较，都说："不像。"

彭永思又拿出刚才捡到的石头给他们看，问："像吗？"

两人都说："像！"

彭永思听罢厉声说："这种石头为什么出现在你的后屋呢？"店主顿时失色，无言以对，只得服罪招认：原来他和地方官的侍从是共同盗窃银子的罪犯。

善于观察，善于理解，再加上勇气，做起事情来便会有更多的成功，人生做事最重要的组成也不过如此。

三道难题

雅　枫

从前，有个修道院长，整天吃喝玩乐，饱食终日，无所事事。可说起话来，装腔作势，咬文嚼字，看上去像是很有学问的样子。

有一天，国王把他召去，说："听说你是个聪明人，很有学问，我有三道难题问问你。第一道，海有多深？第二道，我骑着马绕地球一圈需要多长时间？第三道，天地之间有多长的距离？限你两个礼拜内作出回答。"

修道院长走回家，挖空心思地想啊，想啊，可怎么也想不出答案来。眼看两周过去了，脑子里还是空空的。

只剩最后一天了。修道院长茶不思，饭不想，连向上帝祷告的心思也没有了。因为他知道，在国王面前丢丑，就等于宣布自己末日的来临。

一个磨石工看到修道院长愁苦的样子，禁不住问道："老爷，什么事把你难成这个样子？"

修道院长看看衣服褴褛的磨石工，心想："告诉他也是无用。"摇了摇头，没说什么。

磨石工说："一个磨石工没什么大用途，不过要遇到块顽石，一锤头下去也

137

能敲开个缝。"

院长听了，悲观地说："国王出了三道难题要我回答，今天是最后的期限，可我一道题也没答上来，这回，我的名声要完了。"接着把三道难题说给了磨石工。

磨石工一听，笑了笑说："老爷是个有学问的聪明人，怎么让这么三道难题给难住了！"

院长忙问："你能回答？"

磨石工说："明天我替你去见国王。"

第二天，磨石工打扮成院长模样，到了皇宫。国王开门见山地问："请回答吧，第一，海有多深？"

磨石工说："在海里投一块石子儿，海的深度正是石子从水面到海底的深度。"

国王点了点头，又问："我骑马绕地球一圈要几天？"

磨石工说："国王陛下，世界上没有比太阳走得再慢的了，我们几乎感觉不到它在动。如果你的马跟太阳走得一样快，在太阳升起的时候上马，只要二十四小时就又回到太阳升起的地方，刚好绕地球一圈，时间并不长。"

国王和大臣听了，连连点头。

"最后一道题，天地之间相距多远？不要含糊，要回答精确。"

磨石工回答说："天地相距十二万九千八百七十二公里六米五分米四厘米三毫米。"

"精确得实在惊人，你是怎么算出来的？"

"请国王陛下去量一量，发现有半点儿差错，我甘愿受罚——砍我的脑袋。"磨石工很自信地说。

国王很赞赏磨石工的回答。他又问："你的学问很高，你能猜出我现在在想什么吗？"

磨石工轻松地笑笑，说："我知道，国王陛下，你正在想，我们的修道院长到底名不虚传，聪明过人，学识渊博。"

国王十分惊异地看看左右，心想："他怎么能如此准确地知道我在想什么呢？"

"不过，国王陛下，"磨石工说，"请你宽恕我的大胆、冒昧，我不是修道院长，我是个干粗活的——磨石工。"说完，脱去了修道院长的外套。

"磨石工？"国王和大臣们愕然了。你看看我，我看看你，一时不知道说什么好。

心灵感悟

当我们遇到难题的时候，我们似乎只会在按照常理来解释问题。可是当我们遇到的问题过于复杂的时候，最好能多换几个角度去考虑问题。

崔鸿画像

沛 南

清朝年间，有位姓黄的财主，兄弟三人，都为富不仁，平日横行乡里。他们家每请帮工，开头便要出些难题，有意找碴儿，最后借故赖掉工钱。百姓们对他们恨之入骨。

这事让画师崔鸿知道了。崔鸿画技高超，特别是画的人像，与真人一般。这天，他来到村里。

消息传到黄财主那里，弟兄三人一商量，即刻命人去请画师。

崔鸿来到黄财主家，只见黄家三弟兄都坐在堂上。崔鸿走上堂来，也不打拱问候，就大咧咧地坐在一边。黄大郎一见，忙问："你是何人？竟敢与我们坐在一起。"

"我是你们请来的画师。客人来到，主人不起身恭迎却冷冰冰地坐在堂上，亏你们还是什么大户人家，传出去岂不惹人耻笑！"

黄大郎一愣，急忙赔笑道："不知你是画师，今日我兄弟三人请你来，原想为我们画一张像，只是在画像之前得先讲好条件。""什么条件？请讲。"

黄大郎眯着一双老鼠眼睛，用手指着两个弟弟说："你为我们弟兄同画一张像，必须既像我又像他们俩。但题诗要言明画的是谁，画好后我要请几位朋友来评论，若诗与画不相符，那么你的工钱照扣，还要无代价地为我们画十幅画。""好，一言为定！"

当下请来了乡约地保和黄家的几个亲朋，立字为证。黄家弟兄三人端坐堂上，崔鸿摊开画纸，备好笔墨颜料，对着黄家弟兄打量了一阵，然后唰唰几笔，便将像画好。

黄家弟兄命人将画像高高悬挂起来，叫众人评论。大家一看，只见画像上是鹰钩鼻子鹞子眼，冬瓜脑袋吊驴脸，黄家三弟兄那横暴凶残、毒辣阴险的嘴脸活灵活现。大家再仔细一看，只见崔鸿在画像上题诗写道：

相貌堂堂，挂在中堂。有人来问，黄家大郎。

一位亲戚对着画像左看右瞧，细细琢磨了半天，然后说道："这幅画像果然画得不错，既像老大，又像老二，也像老三，但依我所见，这幅画最像老三。"

崔鸿听，拿起笔很快在画上添上几个字，众人一看题诗变成了：

相貌堂堂无比，挂在中堂屋里。

有人来问是谁？黄家大郎三弟。

众人同声称赞这样一改就对了。可是又有个朋友提出：这幅画虽像老大老三，但最像的还是老二。这样一说，大家又异口同声地议论起这张画像老二来。崔鸿听了，又不慌不忙拿起笔来，很快在画像上写了几个字。众人一看，只见上面写道：

相貌堂堂无比之容，挂在中堂屋里之中。

有人来问是谁之像？黄家大郎三弟之兄。

众人看了，再也无话可说了。黄家兄弟只好乖乖地拿出银子付给崔鸿。

做事情要留有余地，这是一种智慧，让人在继续做事的时候给他留得一种空间，这也是一种智慧。

阿凡提出诊

语 梅

阿凡提当医生的时候，有一回，一个地主打发仆人来叫他去看病。阿凡提收拾起一个小包儿，就出诊了。

路上要坐船过一条河。一个小官吏正好和阿凡提坐在同一条船上。小官吏是平生第一次乘船过河，有些胆怯。船到河中央，起了点小风浪，小官吏便害怕得要命，战战兢兢地紧紧拉住阿凡提的衣襟，连声哀求道：

"阿凡提，我害怕！我的心都要跳出来了，快想个办法别让我害怕。"

"我倒有个专治害怕的办法，不知你愿意不愿意用。"阿凡提笑着说。

"愿意，只要能让我不害怕，怎么会不愿意呢？"

"好吧，那就治一治吧。"阿凡提说着，随着船一倾斜，一把将小官吏推到河里去了。小官吏在河里乱扑腾，沉下去浮上来，浮起来又沉下去。这样的好几次，阿凡提才同另外两个人揪住小官吏的头发、衣领，把他拖上船。

小官吏上了船，像个落汤鸡似的，瑟缩着，一动不动地坐在船舱里，尽管船仍在摇摆，他却产生了一种脱了险的安全感。阿凡提问：

"怎么样，不害怕吗？"

"不害怕了，一点儿也不觉得害怕了。"小官吏说。

"是呀，只有落过水的人，才能体会到船上的安全。"阿凡提揶揄地说，"你今后再遇到害怕的事，尽管来找我。"

船慢慢靠岸了。阿凡提由那个仆人领着，到了地主家。

"阿凡提，我患了肥胖病，我真害怕这病会突然把我拖走。你快给我开个药方吧。"

"不用害怕。"阿凡提边说，边细细打量胖得发圆的地主，边询问、切脉。最后开出一个药方，说："你已是病入膏肓，看来只有这么一条道了。不过还好，你能够不入地狱而升入天堂。"说完把药方交给地主，转身走了。

地主接过药方一看，吓得一下子瘫在床上。原来药方上写着这么几个可怕的字："十五天后即死。"地主害怕得一天到晚喝不下一口茶，吃不下一口饭。就这么过了十五天，本来肥胖的地主竟变得骨瘦如柴了。

"阿凡提，你骗我！"担惊受怕熬了半个月的地主，找到阿凡提嚷嚷道："你说我十五天以后死，我怎么还活着站在你面前？"

"聪明的地主，我不是告诉过你不用害怕吗？"阿凡提说，"我的'药方'不是把你的肥胖病治好了吗？"

地主这才恍然大悟，反倒十分感谢阿凡提。

心灵 感悟

做事要讲究方法，如果一味的按照流程做事，有些事情未必会达到想要的效果，可是如果我们从其他方面着手，换位思考，得到的结果可能会是非同凡响的。

范仲淹断齑画粥

秋 旋

北宋大文学家、政治家范仲淹曾给后人留下了"先天下之忧而忧，后天下之乐而乐"的千古名句，因此千百年来他受到了人们的赞誉。可是他幼年却很不幸，出身贫寒，无钱上学，只好跑到寺院中的一间僧房中去读书。

在寺庙读书期间，他将自己关在屋内，足不出户，手不释卷，通宵达旦。

由于家贫，所以生活过得也十分艰苦。每天晚上，他用糙米煮好一盆稀饭，等第二天早晨凝成冻后，用刀划成四块，早上吃两块，晚上再吃两块，没有菜，就切一些腌菜下饭。生活如此艰苦，但他毫无怨言，仍专心于自己的读书学习。

后来，范仲淹的一个同学看到范仲淹的生活如此艰苦仍好学不辍，就回家告诉了父亲。那个同学的父亲听说后，被范仲淹刻苦学习的精神所感动，也深深同情范仲淹的贫穷处境，于是吩咐家人做了一些鱼肉等好吃的东西，叫儿子带给了范仲淹。

那个同学将做好的鱼肉送给范仲淹，说："这是我父亲叫我送给你的，赶快趁热吃吧！"

范仲淹回答说："不！我怎么能够接受你的东西呢？还是带回去吧！"

那个同学以为范仲淹是因为不好意思接受而推辞，所以连忙放下东西，就回家去了。

过了几天，那个同学又来到范仲淹的住所，发现上次给他送的好吃的东西他丝毫未动，并且已经变坏了。就责备范仲淹说："看，叫你吃你不吃，东西都变坏了，你为什么不吃呢？"

范仲淹回答说："并不是我不想吃，只是我已经过惯了艰苦的生活，如果吃了这些美味佳肴，以后再过这种艰苦的生活就不习惯了，所以我就没有吃。感谢你父亲的一片好意。"

那个同学回家后，将范仲淹的话如实告诉了他父亲。他父亲夸奖说："真是一个有志气的孩子，日后必定会大有作为呀！"

范仲淹正是凭着"断齑画粥"这股苦读的劲头，最后终于成了我国历史上著名的文学家、政治家。

心灵感悟

做事一定要吃苦，这正是所谓的吃得苦中苦，方为人上人的道理。只有能够放得开，吃得了苦的人，才可以成功的做好自己所要做的事情。

谈迁立专著《国榷》

诗 槐

　　谈迁（1593—1657），祖籍一说是汴梁（今开封），一说是浙江海宁枣林人。他远祖随宋室南渡，定居于盐官西南枣林村，后迁至马桥麻泾港西（今海宁马桥）。远祖即生活在这种国破之时，他自己也是生活在这种历史背景下，是明末清初的史学家。原名以训，字仲木，明诸生。明亡后改名为迁，字孺木，号观若。改名"迁"，寄托了对历史、对自己境遇的一种感慨，当然也有可能是追寻大历史家司马迁的意思。当时还有一个外国研究中国历史的人取汉名叫"史景迁"。（耶鲁大学历史学家乔纳珊·D·斯本瑟）谈迁自幼刻苦好学，一生未曾做官，靠替人抄写、代笔或做记室（秘书）来维持生活。用现在的话说，是真正献身于学术的人。他自学成才，然后私人写史，不计报酬，不慕虚名，虽然贫寒一生，但却是一个活得很有骨气、很有节气、很有使命感和责任感的史学家。南明弘光元年（1645），谈迁为阁臣高弘图的记室，他出谋划策，做事力图严谨求实，颇受高弘图、张慎言等赏识。后拟荐为中书舍人及礼部司务。他感到"时事日非，不足与有为"，坚辞不就，引退回家隐居。

谈迁博览群书，善诸子百家，精研历史，尤重明代典故。谈迁28岁时，母亲亡故，他守丧在家，读了不少明代史书，觉得其中错漏甚多，因此立下了编写一部真实可信符合明代历史事实的明史的志愿。在此后的26年中，他长年背着行李，步行百里之外。到处访书借抄，饥梨渴枣，市阅户录，广搜资料，终于卒五年之功而完成初稿。以后陆续改订，六易其稿，撰成了百卷500万字的巨著《国榷》。岂料两年后，清顺治四年（1647）八月，书稿被小偷盗走了！这对谈迁来说简直就是晴天霹雳！命运对这个老人，何其不公也！呜呼！这个小偷可以称为中国历史上最可恨的小偷！小偷无非是盗些金银财宝，然而这个贫寒的家没有给小偷喜悦，于是他顺手偷走了谈迁的书稿，算是发泄。这是一个"史学家"26年的心血啊，这个小偷，该死！该杀！该殴！人们完全可以理解谈迁在书稿被盗后的痛苦，对于一个贫寒一生，终其所能才完成书稿的53岁的老人来说，这个打击无疑是巨大的！谈迁发出这样的感叹："噫，吾力殚矣！"文人的坚韧在这个时候起了作用，谈迁迅速从沉沦中走出，说道："吾手尚在，宁已乎！"他满怀悲痛，发愤重写。经4年努力，终于完成新稿。顺治十年（1653年），60岁的他，携第二稿远涉北京，在北京两年半，走访明朝遗臣、故旧，搜集明朝遗闻、遗文以及有关史实，并实地考察历史遗迹，加以补充、修订，使这部呕心沥血之巨作得以完成。书成后，署名"江左遗民"，以寄托亡国之痛。

清顺治十四年，去山西平阳(今临汾)祭奠先师张慎言，病逝于客地。著作

另有《枣林集》《枣林诗集》《枣林杂俎》《北游录》《西游录》《史论》《海昌外志》等。

心灵感悟

　　有一种信念叫作坚持，这种坚持需要的是勇气，是耐力，是信心。世人必须要有这种信念才可以达到最终的成功，得到他人的认可。

盲道上的爱

　　似乎我们都有过走盲道的经历，那只是为了娱乐，在那个时候我们没有想更多的事情，然而如果在我们闭目行走的过程中有什么意外，我们心里就会多些抱怨，可是我们却没有在我们正常的时候注意过，这就是一种心灵上的缺憾。

回报的方式

千 萍

　　一对法国农民夫妇15岁的儿子——他们的第一个孩子得了一种恶性皮肤病。

　　夫妇俩借了所有能借到的钱，领着儿子到处去看病。那年冬天，在马赛的一家医院里，母亲陪护儿子做治疗，儿子睡在病床上，母亲就和衣坐在冰凉的水磨石板上，几十个日日夜夜，她没有安静地睡过一宿觉。母子俩吃的都是从家里带来的面包，大夫们实在看不下去，就在午餐的时候，总会给他们打来两份牛排，而母亲依旧吃着冷面包，把一份给孩子中午吃，另一份留给儿子晚上吃。

　　后来，儿子的病情不断恶化，医生告诉母亲："孩子的病治不好了，维持生命需要花很多的钱。"母亲回到病房，默默地收拾行李，然后平静地对孩子说："咱们回家吧。"说完，母子两人在走廊里抱头痛哭了整整一夜。天亮时，便乘火车回到了家。

　　再后来，孩子的不幸遭遇被巴黎的一些媒体报道了，好心的人们纷纷捐款，连学校的孩子也将自己的零花钱一分一分地捐了出来，希望能留住他的生命。然而，这是一种非常严重的病，孩子还是死了。

　　孩子在离开人世之前，把能够知道姓名的好心人一个一个地记在笔记簿上，他告诉父母："我不想死，可我知道自己的病拖累了你们。我死之后，一定把这些钱还给人家。"

埋葬了孩子，这对可怜的父母显得苍老了很多。虽然家里已是空荡荡的，连生活都成了问题，但他们却没有忘记孩子的遗愿。夫妇俩变卖了家产，踏着积雪，敲开那一扇扇门，把钱一笔一笔地退给那些曾经帮助过他们的人，并对那些好心人说："孩子已经走了，多谢你们帮忙。"

人们拒绝接受，他们就哭了："孩子的心愿不能违呀！"于是，大伙只好含着泪收下。而对那些无法返还的钱，他们用来建立了一个基金，谁家有病有灾的，尽可拿去使。其实，他们是需要钱的。然而，他们却帮助了那些更需要帮助的人们。

他们说，养了一年的牛可以卖了，种植的葡萄园也能收入点儿钱，他们想把那个基金再充实一下……

一颗善良的心，可以燎起一场善良的火海。一颗爱的心灵，可以把许多颗心串联成爱的钻石项链。善良和爱总是有美好的回报，尽管它的回报有很多种方式，但以善传善、以爱传爱是最普遍的一种。

捧出你的善良和爱吧，总有一天，它将给你一串令你难忘的美好回报。

做好事，会有多少人想过要得到回报？或许真的有人想过，但是那绝对是少数的。每个人付出的爱，是并不求得到回报的，我们需要的是心灵上的那一份真正意义上的回报。

孔子论义利

雨 蝶

　　春秋时期，鲁国制定了一项法律：如果鲁国人在外国看见同胞被卖为奴婢，只要他们肯出钱把人赎回来，那么回到鲁国后，国家就会给他们赔偿和奖励。这项法律执行了很多年，很多流落他乡的鲁国人因此得救，并得以重返故国。

　　后来孔子有一个学生叫子贡，他是一个很有钱的商人，他从国外赎回来了很多鲁国人，但却拒绝了国家的赔偿，因为他认为自己不需要这笔钱，情愿为国分担赎人的负累。

　　但孔子却大骂子贡不止，说子贡此举伤天害理。祸害了无数落难的鲁国同胞。

　　孔子说：世上万事，不过义、利二字而已，鲁国原先的法律，所求的不过是人们心中的一个"义"字，只要大家看见落难的同胞时能生出恻隐之心，只要他肯不怕麻烦去赎这个人，去把同胞带回国，那他就可以完成一件善举。事后国家会给他补偿和奖励。让这个行善举的人不会受到损失，而且得到大家的赞扬，长此以往，愿意做善事的人就会越来越多。所以这条法律是善法。

　　孔子还说，子贡的所作所为，固然让他为自己赢得了更高的赞扬，但是同时也拔高了大家对义的要求。往后那些赎人之后去向国家要钱的人，不但可能再也得不到大家的称赞，甚至可能会被国人嘲笑，责问他们为什么不能像子贡一样为国分忧。圣人说，子贡此举是把义和利对立起来了，所以不但不是善事，反倒是最为可恶的恶行。

自子贡之后，很多人就会对落难的同胞装作看不见了。因为他们不像子贡那么有钱，而且如果他们求国家给一点点补偿的话反而被人唾骂。很多鲁国人因此而不能返回故土。

还有一次，孔子的另一位弟子见到有人溺水，他奋不顾身，跳下水去，将其搭救上岸。事后，这位家属感谢他，给他一份"贵重"的酬谢：一头牛。孔子门生竟"见利忘义"，接受了这份礼物。别人就议论了：下水救人还要钱？孔子知道此事后，对此学生的所作所为备加赞赏，简直有点儿让人难以置信。孔子的解释是：虽说拯救他人生命后收受谢礼表面上看有悖于"崇高道德"，但却可以激发更多的人产生类似的道德行为，也会使更多处于危难之中的人获得援助，惠及大多数人的道德才是道德的真正意义的所在。

心灵感悟

有的时候我们做的事情表面上看上去是好的事情，可是实质上它已经是一件错的事情了，但有的时候大家都认为是错的时候，那可能却是一件正确的事情。从另外一个角度去看同一件事，我们可以发现所看到的结果是完全不一样的。

人 和 蛇

忆 莲

有一个人发现了一条蛇后，说道："坏东西，今天也该你倒霉，落在我手上了，我要为民除害！"

蛇躺在那一动不动，任人摆布。蛇被抓起扔进了口袋里。为了证明蛇的确有罪，这个人说道："你这个忘恩负义的家伙的末日也该到了，对你的仁慈就是犯罪，你的毒牙甭想再伤害我们。"

蛇平静地说道："若是说到处罚世界上所有的忘恩负义者，那就没人能得到宽恕。瞧瞧您自己吧，反正我的命运已经掌握在您手中，要杀要剐全由您！您的乐趣、利益就是所谓的正义吧，那么把您的法律拿来下判决吧！但临死之前我要坦率地说上一句：'忘恩负义的代表是人而不是蛇！'"

一席话说得这个人瞠目结舌，他后退一步说："真是胡说八道，我随时都可以要你的命，但还是先听听别人是怎么说的吧！"

"随便。"蛇说。

碰巧，一头母牛从此地路过，这个人赶紧招呼它。母牛过来后，这个人把情况简单地作了介绍。母牛说道："这么一点儿小事也要问我吗？蛇说得没错，为什么还要掩饰而不肯承认呢？这些年来，我总是养活着主人，没有我的关照，他怎么能活得下去？我们把乳汁无私地奉献给了他，滋养了他那因光阴流逝而逐渐衰老的身体。我的辛劳换得了他的需要和快乐。现在我老了，他就把我拴在一块没有草料的角落里挨饿，可是我多么渴望吃到鲜嫩的草啊！如果蛇是我的主人，它会这么没良心吗？再见了，我没什么好说的了。"

此人听了这席话，感到非常惊讶，他对蛇说："这个说话疯疯癫癫的家伙根本就没有头脑。能相信它说的这一套吗？我们最好还是听听公牛是如何说的吧！"

蛇回答道："好吧，让我们听听它怎么说。"

公牛摇摇晃晃地走了过来，听了介绍后思忖着说，为了人类的生存，长年来它承受着十分繁重的劳役，日复一日，年复一年。长年累月地耕作，给人们的原野带来了五谷丰登的好收成，而换来的却是无情的鞭打，从没有人对它的劳作有半点感激之情。以后，它年老体衰，人们用它的血祭祀诸神时，还把这看成是对它的敬重和优待。

这人说："赶快停止你的言论吧，这个讨厌的家伙夸大其词，就像个演说家，与其说是讲公理，还不如说是告刁状，不要理它！"

这会儿，树也被请来作裁判，可没想到，树也述说了人的过错。

人们为了遮阳避雨，把树当成了很好的藏身处所。为了造福人类，树美化了田野和公园，结出的丰硕果实献给了人类。在一年四季里，树给了人们春天的花朵、秋天的硕果、夏天的绿荫和冬日的炭火。然而人们修剪枝条时，却对它动之以刀斧，甚至有一个农民为了一些小利益便把树给砍了，这就是树得到的

回报，树本来是可以活得很长久的。

听到这里，这人感觉不对头，感觉自己理亏，忙解嘲地说："我真是太笨了，居然还有时间听你们瞎磨牙。"说完，便把口袋里的蛇往墙上一掼，蛇被摔死了。

对于一些人，他们最大的长处就是善于掩饰自己的缺点，若与他们辩解，也只是浪费时间。

人要做的不是掩饰已有的错误，而是要更好的从错误中找出可以成功的东西，这样我们才可以走向更高的层次。

工作诚信的富兰克林

雁　丹

　　富兰克林是18世纪的美国人，是著名的科学家，同时，还是一个著名的社会活动家。他曾经参与起草了美国的《独立宣言》，为美国的独立自由作出了巨大贡献。

　　他出生在一个世代打铁的工匠家庭，由于家里孩子多，父母很难只靠打铁来维持家里的生活。所以，父亲这时除了打铁之外还做蜡烛。12岁的小富兰克林看到父母整天为了生计发愁，就想为家里做些什么。

　　后来，他的哥哥在城里办了一家报纸，富兰克林就到他哥哥那里当学徒，在印刷所里学习排版。他哥哥对他非常刻薄，经常因为一点小事就责骂他，有时候还毒打他，这使富兰克林不堪忍受，不久就离开了那里，到别的印刷所找工作。但是他哥哥非常坏，告诉城里所有印刷厂的老板都不要聘请富兰克林。

　　富兰克林不得不到别的城市寻找工作。他流落到费城，有一个叫凯谋的人让富兰克林帮他管理他开的印刷铺子，许诺可以给他很高的薪金。富兰克林暂时找不到别的工作，就答应了。当时富兰克林已经是一个熟练工人，而凯谋雇用的其他工人都是对印刷、排版、装订不怎么了解的人。凯谋付给这些人的工资非常低。聪明的富兰克林看到这种情况，就猜到凯谋是想让他把这些廉价雇用来的工人练成熟练工人，然后再把自己赶走。凯谋在当地的名声很坏，所有人都知道他是个阴险狡猾的小人。

尽管富兰克林已经猜到凯谋的心思，可是他想，既然答应接受这份工作，就应该尽力做好，要对自己的工作认真负责，不能因为老板不好，就影响自己对工作的认真态度。于是，他就每天教这些工人一些技术，甚至把自己发明出来的制作字模的方法也传授给了这些人。

凯谋最初对富兰克林还很客气，可几个月后，他发现自己廉价雇用来的工人已经基本掌握了排版印刷技术，就开始无缘无故地找富兰克林的麻烦，无端地克扣他的工资。有一次，凯谋竟然指着富兰克林的鼻子骂他是蠢猪。富兰克林非常生气，并且说："只有蠢猪一样的老板，没有蠢猪一样的工人，像你这样的人根本不配做老板。"

凯谋正想把富兰克林赶走，就挖苦他说："上帝又没有挽留你这个天才在这里工作，你可以像乌贼一样溜走。"

富兰克林早就不想干了，就当着工人们的面说："凯谋，别绕弯子了，你请我来就是为了给你训练工人。现在他们都是熟练的工人了，你就可以赶我走了，我早就猜出你的心思了。不过，你放心，我富兰克林做人向来讲求诚信，不会因为你的卑鄙就传播给他们错误的技术，将来你解雇他们的时候，他们凭借自己的手艺也可以很容易地找到工作。"

说完，富兰克林收拾行李就离开了铺子。

心灵感悟

诚信乃立人之本，有了诚信，做任何事情都会心安理得。诚信似乎很容易做到，不过让我们在任何情况下都一如既往地做到讲诚信，就或许是一件不容易的事情了。所以坚持诚信的本质，是一种光荣的信仰。

永不言弃

向 晴

安徒生的父亲是丹麦富思岛欧登塞城的一个穷鞋匠。

据说在他父母亲结婚的时候，连一张床也买不起，只好把别人搁棺材的木架子抬来，钉上几块木板就算是新婚的床铺。

安徒生出生以后，家里的生活更是贫穷了，为了能维持生计，父母努力地干活，有时深更半夜父亲还在替别人缝补鞋子。

安徒生没有像有钱人家的孩子那样有像样的玩具，他玩的玩具都是爸爸亲手做的，他记得爸爸有一次用破碎的皮子给他做了一个小老鼠，后来爸爸又给他做了几个小木偶。他最喜欢的就是爸爸给他做的小木偶，他还让爸爸给这些小木偶用破皮子做衣服。有了这些小木偶做伴，安徒生一点也不寂寞，他常常教这些木偶们演戏，让他们装扮各种各样的角色。安徒生和木偶的表演给了父母一种快乐和安慰。

父母都觉得安徒生是一个聪明的孩子，于是就用他们辛苦挣来的钱送安徒生上学读书，安徒生在班上十分出色，可不幸的是教师是一位十分凶狠的寡妇，常常在班上欺侮学生。

有一天，安徒生由于生病，在课堂上打起瞌睡来，结果被老师用教鞭抽打。安徒生对这个凶恶的老师非常讨厌，就再也不去上学了，为了让安徒生继续学习，母亲便把他送入另一所学校去读书。

为了能供安徒生上学，父亲便常常到有钱人家去做鞋，有一天父亲去一位伯爵家里做鞋，结果到了晚上生了一肚子的气回来。原来是伯爵家的小姐，要做一双生日时穿的红色皮鞋，父亲就用朱红色的皮子给这位小姐做了一双鞋子，可是当皮鞋送到这位小姐的手里的时候，小姐大发脾气，因为她想要的是一双大红色的皮鞋，就因为那么一点点颜色的差别，最后安徒生的父亲被伯爵家里的管家大骂了一顿，并且还扣了他的工钱。

不久，父亲也得了一场大病，因无钱医治而去世了。父亲去世以后，为了生活，母亲便改嫁给一个穷手艺人，而这个继父却不喜欢安徒生。安徒生非常难过。他几乎每天晚上都要把爸爸给他做的木偶人拿出来看一看，然后哭上一场才睡去。

安徒生14岁的那一年，有一个剧团到欧登塞城去演出，这是安徒生第一次看到演戏，当时他就被台上的演员给迷住了。看完戏后，他就去找母亲商量，他让母亲同意他到首都哥本哈根去当演员。母亲开始不同意他去，因为在母亲的心里哥本哈根是富人待的地方，像安徒生这样的穷孩子是不能到那个地方去的。但是安徒生决心已定，母亲没有办法，只好同意他的请求。

他刚来到哥本哈根的时候，找了许多剧院经理，可是没有一家剧院愿意让一个穷孩子登台表演。这时安徒生身边的钱已用完了。没有办法，安徒生只好到一家家具作坊去打工，干了几天，老板嫌他力气太小，于是把他辞退了。

走投无路的安徒生只好在大街上睡觉，他把别人扔掉的报纸拿来当被子盖在身上。等到天亮的时候，他便把一张张的报纸叠了起来，在叠报纸时，他意外地在报纸上看到了歌唱家西博尼的地址，于是他找到西博尼的家，请求西博尼教他唱歌。和安徒生一样是穷人出身的西博尼收留了安徒生，于是安徒生在西博尼家一边学唱歌，一边学习文化。

半年后的一天，安徒生得了一场重感冒，等到他的感冒好了以后，声带却受到了很大的损伤，再也不能唱歌了，他不得不离开西博尼家的大门。

但天无绝人之路，就在这时，一位诗人看到了他的勤奋，并决定帮助他。在这位诗人的接济下，他一边学习拉丁文，一边进行戏剧创作。

17岁的那一年，他写了悲剧《阿芙索尔》和《维木堡大盗》，《阿芙索尔》被一家文学刊物发表了，并受到了著名的文艺评论家拉贝克教授的赞赏。后来拉贝克和剧院的经理柯林为安徒生申请到了一笔学费，他便能到一所教会学校去接受正规的教育了。在学校里，安徒生如饥似渴地阅读了莎士比亚、歌德、席勒、海涅、拜伦等人的作品，这使他在文学上的修养得到了极大的提高。

从此以后，安徒生便走上了文学的道路，他创作了大量的游记、喜剧、诗歌和小说。1835年，安徒生出版了一部童话集，这本集子一经出版，便受到了孩子们的喜爱，于是每逢圣诞节，他便为孩子们奉献一部童话，后来他的童话征服了全世界孩子们的心。

对穷人来说，生活总是艰难的，但只要心里留有信念，不放弃，就能从失败的泥沼中走出来，从挫折中成长起来，在自己的成长之路上就会有另一种新的景象。

心灵 感悟

做事情最忌讳的就是半途而废，因为半途而废给人的感觉就是没有毅力。在种种困难中可以坚持下来的人，说明他永不言弃，这种人的精神值得我们每一个人去尊重他！而这个人最终也一定会走向成功！

鲁迅刻"早"

慕 菡

　　鲁迅于1881年9月25日，出生于绍兴城内都昌坊口一个破落的士大夫家庭。鲁迅原名周树人，是中国现代著名的文学家、思想家和革命家。鲁迅自幼聪颖勤奋，三味书屋是清末绍兴城里的一所著名的私塾，鲁迅12岁时到三味书屋跟随寿镜吾老师学习，在那里攻读诗书近5年。鲁迅的座位，在书房的东北角，他使用的是一张硬木书桌。现在这张木桌还放在鲁迅纪念馆里。

　　鲁迅13岁时，他的祖父因科场案被逮捕入狱，父亲长期患病，家里越来越穷，因此他经常到当铺卖掉家里值钱的东西，然后再在药店给父亲买药。有一次，父亲病重，鲁迅一大早就去当铺和药店，回来时老师已经开始上课了。老师看到他迟到了，就生气地说："十几岁的学生，还睡懒觉，上课迟到。下次再迟到就别来了。"鲁迅听了，点点头，没有为自己作任何辩解，低着头默默回到自己的座位上。

　　第二天，他早早来到学校，在书桌右上角用刀刻了一个"早"字，心里暗暗地许下诺言：以后一定要早起，不能再迟到了。

　　以后的日子里，父亲的病更重了，鲁迅更频繁地到当铺去卖东西，然后到药店去买药，家里很多活都落在了鲁迅的肩上。他每天天不亮就早早起床，料理好家里的事情，然后再到当铺和药店，之后又急急忙忙地跑到私塾去上课。虽然家里的负担很重，可是他再也没有迟到过。

在那些艰苦的日子里，每当他气喘吁吁地准时跑进私塾，看到课桌上的"早"字，他都会觉得开心，心想："我又一次战胜了困难，又一次实现了自己的诺言。我一定要加倍努力，做一个信守诺言的人。"

后来父亲去世了，鲁迅继续在三味书屋读书，私塾里的寿镜吾老师，是一位方正、质朴和博学的人。老师的为人和治学的精神，那个曾经给鲁迅留下深刻记忆的三味书屋和那个刻着"早"字的课桌，一直激励着鲁迅在人生的路上继续前进。

鲁迅17岁时从三味书屋毕业，18岁考入免费的江南水师学堂；后来又公费到日本留学，学习西医。1906年鲁迅又放弃了医学，开始从事文学创作，先后在北京大学、北京师范大学等学校教过课，成为中国新文学运动的倡导者。鲁迅是中国文坛的一位巨人，他的著作全部收入《鲁迅全集》，被译成五十多种文字广泛地在世界上传播。

心灵感悟

无论是什么时候，我们都要有警示我们的事物，"卧薪尝胆"便是一种方式。但无论是什么方式，只要有着警示作用，能引领我们走向成功，那就是一种好的办法。当然这也离不开我们的意志。

放弃是一种智慧

宛 彤

如果不是那天的决定，他就不会在计算机领域取得这样的成就；如果不是那天的决定，他可能只是美国某个小镇上一名既不成功也不快乐的律师。

那年他考上了哥伦比亚大学的法律专业。哥伦比亚大学是一所文科性质的院校，它的法律专业排名位于全美前三位，而且毕业后从事律师，是一个很有前途、很有地位的职业。

但是，他却逐渐发现自己并不真正喜欢法律，上专业课时，他丝毫提不起精神来，甚至想把枯燥的课本扔到教授身上。

此时，他接触并喜欢上了计算机，每天疯狂地编程。老师和同学们对他的"不务正业"感到非常惊讶。终于，大学二年级的一天，他做出了一个重大的人生决定：放弃此前一年多在法律系已经修完的学分，转入该校默默无闻的计算机系。那时候，计算机还属于新事物，哥伦比亚大学的计算机系也只是刚刚创立，连30个学生都不到，社会上也还没有所谓"计算机科学家"这类人。

从受人尊敬的律师到一个前途不明的"计算机工作者"，这使认识他的人感到很不理解。朋友们都劝他谨慎考虑，但他心想：人生只有一次，不应浪费在并不感兴趣、没有成就感的领域，一辈子从事一份没有激情的工作将会使他付出更大的代价。于是，他毅然办完了那些转换专业的繁杂手续。

没想到，他一进入计算机领域，便如鱼得水，整个身心充满了激情。后来，他又进入卡内基梅隆大学，继续攻读计算机方面的专业，并获得了计算机专业的博士学位。他开发的"语音识别系统"获得了《美国商业周刊》最重要发明奖。他于1998年加盟微软，创立了微软亚洲研究院。2000年他升任微软全球副总裁，是微软高层里职位最高的华人。2006年他又出任Google公司全球副总裁、中国区总裁。

他就是李开复。直到现在，他对人谈起大学时代对法律专业的放弃而选择了计算机专业，仍然感慨不已。

放弃代表一种终结，同时意味着另一种开始。当以前的路不适合你，不如勇敢地把它放弃。放弃，并不是漫无目的地逃避，而是对自己的兴趣的一种肯定与坚持，这需要我们自信地朝着一个目标，不畏艰难险阻，一如既往地做下去。这样，你的人生之路才会有另一番收获。

心灵 感悟

放弃并不代表着一无所有，有的时候只是一个极端到达另外一个极端的必要过程，所以有些时候，当要结束一件事情的时候，我们就应该做好做另外一件事情的准备，以此来得到更美好的成功。

自信带你走向成功

冷 薇

几年前，约翰逊经营的是日杂百货小本买卖。他过着平凡而又体面的生活，但并不理想。他家的房子既窄小又陈旧，也没有钱买他们想要的东西。约翰逊的妻子并没有抱怨，很显然，她只是安天命。但约翰逊的内心深处变得越来越不满。当他意识到爱妻和他的两个孩子并没有过上好日子的时候，心里就感到深深的刺痛和内疚。

就是那种对妻子和孩子的歉疚使他有了今天。现在，约翰逊有了一所占地两英亩的漂亮的新家，对他们来说空间已经够大，而家里的设计能让人感觉很舒适。他和妻子再也不用担心能否送他们的孩子上一所好的大学了，他的妻子在花钱买衣服的时候也不再有犯罪的感觉了。甚至有一年，他们全家都去欧洲度假，并在欧洲度过了一个难忘的圣诞。约翰逊过上了真正富裕的生活。

约翰逊说："这一切的发生并不是偶然的，是因为我利用了信念的力量。几年以前，我听说在休斯敦有一个经营日杂百货的工作。那时，我们还住在亚特兰大。我决定试试，希望能多挣一点钱。我到达休斯敦的时间是星期天的早晨，但公司与我面谈还得等到星期一。"

"晚饭后，我坐在旅馆里静思默想，突然觉得自己是多么的可憎。'这到底是为什么，上帝怎么这样对我！'我问自己，'为什么我总是逃脱不了失败的命运呢？'"

约翰逊不知道那天是什么力量促使他做了这样一件事：他取了一张旅馆的信笺，写下几个他非常熟悉的、在近几年内远远超过他的人的名字。他们取得了更多的权力和工作职责。其中一个原是邻近的农场主，现已搬到更好的边远地区去了；另一位约翰逊曾经为他工作过；最后一位则是他的妹夫。约翰逊问自己：什么是这三位朋友拥有的优势呢？他把自己的智力与他们作了一个比较，约翰逊觉得他们并不比自己更聪明。而他们所受的教育，他们的正直，个人习性等，也并不拥有任何优势。终于，约翰逊想到了另一个成功的因素，即主动性。约翰逊不得不承认，他的朋友们在这点胜他一筹，而他总是在被逼无奈时才采取某些行动。

当时已快深夜两点钟了，但约翰逊的脑子却还十分清醒。他第一次发现了自己的弱点。他深深地挖掘自己，发现缺少主动性是因为在内心深处，他并不看重自己，对自己没有信心，更别谈什么远大的抱负。

约翰逊回忆着过去的一切，就这样坐着度过了一夜。从他记事起，约翰逊便缺乏自信心，他发现过去的自己总是在自寻烦恼，自己总对自己说不行，不行，不行！他总在表现自己的短处，几乎他所做的一切都表现出了这种自我贬值。

终于约翰逊明白了：如果自己都不信任自己的话，那么将没有人信任你！

于是，约翰逊做出了决定："我一直都是把自己当成一个二等公民，从今以后，我再也不这样想了，我要成为一个优秀的公民，一个优秀的丈夫，一个优秀的父亲。"

第二天上午，约翰逊仍保持着那种高昂的自信心。他暗暗将这次与公司的面谈作为对自己自信心的第一次考验。在这次面谈以前，约翰逊希望自己有勇气提出比原来工资高一倍到两倍的要求。但是，经过这次自我反省后，约翰逊认识到了他的自我价值，因而把这个目标提到了三倍。结果，约翰逊达到了目的，他获得了成功。

约翰逊凭借高昂的自信心获得了成功。其实，自信心恰恰是人人都有但少有人能"从一而终"的。每个人的能力能有多大区别呢？恐怕都只是皮毛而已，真正的差异就是对待问题的信念和决心。

心灵感悟

信念的力量是无穷尽的，而做人也需要一种主动性，我们在生活中不是被动的，是靠我们自己的想法主动地去创造美好的。人需要的是奋斗的意念以及坚持不懈的努力，这样在人生的旅途中我们才会走得更美好！

盲道上的爱

冷 柏

上班的时候，看见同事夏老师正搬走学校门口一辆辆停放在人行道上的自行车。我走过去，和她一道搬。我说："车子放得这么乱，的确有碍观瞻。"她冲我笑了笑，说："那是次要的，主要是侵占了盲道。"我不好意思地红了脸，说："您瞧我，多无知。"

夏老师说："其实，我也是从无知过来的。两年前，我女儿视力急剧下降，到医院一检查，医生说视网膜出了问题，告诉我说要有充足的心理准备。我没听懂，问是啥充足的心理准备。医生说，当然是失明了。我听了差点死过去。我央求医生说，我女儿才20多岁呀，眼睛失明怎么行？医生啊，求求你，把我的眼睛抠出来给了我女儿吧！那一段时间，我真的是做好了把双眼捐给女儿的充足心理准备。为了让自己适应失明以后的生活，我开始闭着眼睛拖地抹桌、洗衣做饭。每当辅导完了晚自习，我就闭上眼睛沿着盲道往家走。那盲道，也就两砖宽，砖上有八道杠。一开始，我走得磕磕绊绊的，脚说什么也踩不准那两块砖。在回家的路上，石头绊倒过我，车子碰破过我，我多想睁开眼睛瞅瞅呀，可一想到有一天我将生活在彻底的黑暗里，我就硬是不叫自己睁眼。到后来，我在盲道上走熟

了，脚竟认得了那八道杠！我真高兴，自己终于可以做个百分之百的盲人了！也就在这个时候，我女儿的眼病居然奇迹般地好了！有天晚上，我们一家人在街上散步，我让女儿解下她的围巾蒙住我的眼睛，我要给她和她爸表演一回走盲道。结果，我一直顺利地走到了家门前。解开围巾，看见走在后面的女儿和她爸都哭成了泪人儿……

"你说，在这一条条盲道上，该发生过多少叫人流泪动心的故事呀。要是这条人间最苦的道连起码的畅通都不能保证，那不是咱明眼人的耻辱吗！"

带着夏老师讲述的故事，我开始深情地关注那条"人间最苦的道"，国内的，国外的，江南的，塞北的……

我向每一条畅通的盲道问好，我弯腰捡起盲道上碍脚的石子儿。有时候，我一个人走路，我就跟自己说：喂，闭上眼睛，你也试着走一回盲道吧。尽管我的脚不认得那八道杠，但是，那硌脚的感觉却是那样真切地瞬间从足底传到了心间。我明白，有一种挂念深深地嵌入了我的生命。痛与爱纠结着，压迫着我的心房。

让那条窄路宽心地延伸，我替他们谢谢你。

心灵感悟

似乎我们都有过走盲道的经历，也许那只是为了娱乐。在那个时候我们没有想更多的事情，然而如果在我们闭目行走的过程中有什么意外，我们心里就会多些抱怨，可是我们却没有在我们正常的时候注意过，这就是一种心灵上的缺憾。

智慧的美

凝　丝

那天晚上看《开心辞典》，我流了泪。

这不是一个煽情的节目，大概不再爱琼瑶阿姨和金庸大侠的人才会喜欢，因为有一种真实和聪明在里面，还有那份期待和紧张。

是那个人感动了我。他的家庭梦想都是为别人，没有一件东西是为了自己。他有个妹妹在加拿大，妹妹有电脑没有打印机，于是他想得到一台打印机给远在加拿大的妹妹。主持人问，那你怎么给妹妹送去？他说，我再要两张去加拿大的往返机票啊，让我的父母去送，他们太想女儿了。听到这儿，我就有些感动，作为儿子，他是孝顺的，作为兄长，他是体贴的，这是多好的一个男人啊。

主持人也很感动，她问，那你为什么还要一台电脑给你父母？他说，因为父母很思念远在万里之外的妹妹，所以，他要给他们一台电脑，让他们把邮件发给她，也让妹妹把思念寄回家。

这就是他的家庭梦想，几乎全为了家人。主持人问，你有把握吗？他笑着，当然。因为要答12道题，而每一道题都机关重重，要到达顶点何其容易？答到第六题时他显得很茫然，这时他使用了第一条求助热线，让现场观众帮助他。结

果他幸运地通过了，但他很平静，甚至有些沮丧。主持人很奇怪，因为要是别的选手早就欢呼雀跃了，为什么他这样平静？他答：我觉得很不好意思，为什么那么多人都会这道题而我不会。这时我开始有点欣赏他了，这是何等冷静而自信的一个男人啊。

问答依然在继续，悬念也就越来越大了，人们也越来越紧张。到最后一题时，我手心里的汗几乎都出来了，好像我是那个盼着得到一台打印机、两张往返加拿大机票和一台电脑的人。仅仅为了他的孝顺和对妹妹的宠爱，也应该让他答对吧。

最后一题出来了。居然是六选一。而又是有关水资源的。

他静静地看着这道题，好久没有说话，他的父母也坐在台下，紧张地看着他，而主持人也好像恨不得生出特异功能把答案告诉他。

这时他使用了最后一条求助热线。他把电话打给了远在加拿大的妹妹。

电话接通了，他却久久不说话，对面的妹妹着急了，哥，快说呀，要不来不及了。因为只有30秒的时间，王小丫也着急了，快说吧，不要浪费时间了，这是你最后的机会了！

他沉默了一会儿，说了：妹妹，你想念咱爸咱妈吗？妹妹说，当然想。坐在电视机前的我着急了，天啊，这是什么时候了，怎么还儿女情长的，难道他要放弃自己最后的圆满吗？我几乎都要生气了，怎么有这样冷静的人啊？怎么还说这些没边儿没沿儿的话？

他又说了，那让咱爸咱妈去看你好吗？妹妹说，那太好了，真的吗？他点头，很自信地：是的，你的愿望马上就能实现了。然后时间到，电话断了。

天啊，我一下子明白了，这道题他根本就会，答案早就了然于胸！他只是想给妹妹打个电话，只是想把成功的喜悦与妹妹分享！

我的眼泪唰一下流了出来，为他的智慧，为他超乎常人的冷静和美丽。

果然他轻轻地说出了答案，我看出了主持人的感动和难言，主持人说，从来没有像你这样的选手。

而在台下的父母，眼角也悄悄地湿了。

我从来以为只有"情"是美丽的，比如，爱情、亲情、朋友，从来没有想到，智慧也会如此美丽。它让我们已渐渐麻木的心灵，在这个美好而机智的晚上，轻舞飞扬。

心灵 感悟

对于智慧这个词，我们每个人对它的定义都差不多一致，而我们却没有把它用到一致，因为我们所拥有的智慧并不相同，这就给了我们更多的思考。当我们遇到事情时，更应该做的是运用我们的智慧，让大家共同分享我们的快乐。

敬　启

　　本书的编选参阅了一些期刊报纸和著作的文字以及图片，由于多种原因我们未能与部分入选文章和图片的作者（或译者）联系。敬请原作者（或译者）见到本书后，及时与我们联系，我们将按国家有关规定支付稿酬并赠送样书。

编 委 会

邮箱：chengchengtushu@sina.com